질그레꽃

가난한 삶에서 피어난
어머니들의 노래

경남여고 부설 방송통신고등학교 94명 시

구자행 엮음

보리

이분들이 살아온 삶을 누가 알까?

2007년부터 2010년까지 네 해 동안 경남여고 부설 방송통신고등학교 학생들과 공부했다. 첫해는 2학년을 맡고, 그다음 세 해 동안은 해마다 1학년을 맡았다. 제때에 공부를 못 해 뒤늦게 배움의 길로 들어선 분들이 그렇게 많은 줄 몰랐다. 서른다섯 명이 넘는 반이 한 학년에 다섯 반씩이다. 선착순으로 모집하는데 해마다 정원이 넘쳐서 많은 분들이 기다렸다가 다음 해에 입학하곤 한다. 이분들은 평소에는 인터넷 강의 들으면서 혼자 공부하다가 한 달에 두 번 일요일에 학교 나와서 하루 여덟 시간씩 공부한다. 정규 고등학교 학생들이 배우는 과목을 모두 공부하면서 중간고사와 기말고사 시험도 보고, 봄가을에는 소풍도 간다. 대신 방학은 없다. 나는 국어 시간에 이분들과 만났다. 한 달에 두 번 나오고, 한 번 나올 때마다 국어는 한 반에 한 시간씩 한다. 이분들과 공부하는 시간이 참으로 귀한 시간이었다.

방송통신고에 다니는 분들은 모두 못 배운 한을 저마다 가슴에 안고 살아왔다. 칠순이 넘은 분도 있고 이십 대 처녀들도 있지만, 대부분이 사오십 대 아주머니들이다. 그 시절 먹고살기조차 힘든 데다 여자라서 오빠 공부시키거나 동생 돌본다고 중학교나 고등학교를 못 갔다. 또래 친구들이 하얀 칼라 교복을 입고 지나갈 때 부끄러워 머리에 수건 푹 둘러쓰고 밭고랑에 숨었다고 하는 분도 있고, 공납금을 내지 못해 중학교 중퇴 서류를 제 손으로 작성하고 쏟아지는 비를 맞으며 교문을 나왔다는 분도 있다.

중학교 1학년 어느 날 비가 억수같이 왔다. 난 그날 마음이 너무 상해서 아무 생각 없이 학교에서 나왔다. 지금도 그날을 생각하면 눈물이 난다. 그런데 옛말에 세월이 약이란 말이 맞는 것 같다. 이제는 많이 괜찮아졌다.

그날 비가 억수같이 왔다. 그전부터 담임 선생님이 공납금을 내라고 했다. 그런데 아버지에게 말을 할 수가 없었다. 왜냐하면 그때 우리 집은 아주 어려웠다. 그리고 내가 장녀였다. 담임 선생님은 내 얼굴을 볼 때마다 말씀하셨다.

"공납금 언제까지 낼 거야?"

날마다 그 소리를 들었다. 아버지에겐 말도 못 하고.

그래서 결심했다. 학교를 그만두기를. 비가 억수같이 오는 날 아버지에게 말씀드렸다.

"아버지, 저 학교 그만두고 싶어요."

"그래."

아버지는 아무 생각 없이 대답하시는 것 같았다. 그때 아버지 마음은 어땠을까? 난 지금도 모르겠다.

난 아버지랑 담임 선생님을 만나서 학교를 그만두겠다고 했다. 학교 중퇴 서류를 내 손으로 작성하고 비가 억수같이 오는 날 학교를 나왔다. 난 지금도 비가 오는 날이면 아주 많이 슬프다.

그 뒤로 공장에 취직했고 밥을 마음껏 먹을 수 있었다.

('중퇴하던 날' 이미자 36세)

나는 하루 여덟 시간 가운데 한 반에 한 시간씩 다섯 시간 수업을 했다. 과목은 국어생활인데 교재로 쓰는 종합 문제집이란 책을 보니 모두 문제 풀이다. 아, 이분들에게 문제 풀이가 무슨 소용이 있을까. 정말 이분들과 해 보고 싶은 공부는 글쓰기였다. 고등학교도 안 나왔다는 주눅 때문에 어디 글을 써 볼 생각이나 해 봤을까. 어쩌다가 썼다고 하더라도 어디 당당하게 보여 줄 용기가 있었을까 싶었다.

시 쓰기도 하고 '살아온 이야기' '식구 이야기' '이웃 이야기' '직장 다녔던 이야기'도 썼다. 글쓰기 지도라고 말하기는 부끄럽다. 내가 한 일은 그저 글 물꼬를 터 준 것밖에 없다. 이분들이 쓴 한 편 한 편, 진정한 마음이 담기지 않은 글이 없다. 가난한 삶에서 피어난 꽃이기도 하고, 땀 흘려 일하는 가운데 얻어 낸 보석 같기도 하다. 읽으면서 몇 번씩이나 콧등이 시큰해지곤 했다. 글쓰기 공책에 정성을 다해 정말 열심히 글을 쓰셨다. 한 자 한 자 흐트러짐 없이 정성껏 쓴 글씨를 보면 고맙다는 마음이 절로 일었다. 쓰다가 한 자라도 틀리면 그 자리에 조그맣게 종이를 오려 붙이고 그 위에 고쳐 쓰신 분도 있었다.

글쓰기는 참 신비한 힘을 지닌 듯하다. 아무에게도 하지 못했던 이야기, 가슴속에 꼭꼭 숨겨 두었던 이야기를 글로 풀어내니까, 그동안 가슴에 뭉쳐 있던 응어리가 실타래 풀리듯이 풀어지는 것 같다고 하셨다. 옆에 학우가 쓴 이야기를 읽고서 사람이 새롭게 보이더라고도 하셨다.

글을 쓰면 진정한 마음으로 제 사는 모습과 둘레를 살펴보게 된다. 왜 내가 그 일을 겪었는지, 왜 나와 충돌이 일어났는지, 일이 벌어진 상황을 객관으로 보게 되고, 그러면서 이해할 수 없었던 상대방의 마음속까지 비로소 헤아려 주게 된다. 한발 물러서서 자기를 응시하고, 둘레와 세상일을 찬찬히 살펴볼 줄 아는 힘, 성찰이 여기서 나온다.

글쓰기 공부를 하면서 네 해 동안 한 해도 거르지 않고 문집을 엮었다. 겨울 방학 때 문집 엮는다고 글쓰기 공책에 써 놓은 글들을 옮기면서 문득 이런 생각이 들었다. 이분들이 살아온 삶이 어쩌면 이대로 묻혀 버릴 수도 있겠구나. 조선이나 고려 시대 이름 없는 한 개인의 삶이 어떠했는지 아무도 모르듯이. 이분들이 살아온 그 눈물겨운 삶을 누가 기록해 줄까? 누가 알까?

구자행

차례

2부 ✿ 내 새끼

3부 ✿ 커피를 못 마시는 까닭

4부 🌸 마지막 이사가 되었으면

일러두기

• 2007년부터 2010년까지 경남여고 부설 방송통신고등학교 학생들 글을 엮은 문집에서 추려 실었습니다.

• 표준 말법에 들어맞지 않더라도, 입말에 가까운 낱말이나 표현들은 고치지 않고 두었습니다.

• 뜻을 짐작하기 어려운 말들은 주를 달아 글 끝에 풀어 놓았습니다.

1부
나는 할머니 학생

나는 할머니 학생

김정옥 61세

나는 할머니다

네 손주의 할머니다

몇 개월만 있으면 한 녀석이 또 태어난다

나는 일남 이녀의 어머니다

나는 나이고 싶다

하지만 내 인생에 열매가 영글었다

아주 빛나는 나의 보석들이다

나는 할머니다

요즘 나는 한 손주를 키우고 있다

아직 발음도 서툰 말로 할미라 부른다

손주 녀석과 종일 있다 보면

내 마음도 순수해진다

첫 손주가 할미라고 부를 때 나는 무척 쑥스러웠다

하지만 이젠 내가 나를 할머니라 부른다

나는 행복하다

아주 예쁜 보석들이 있으니까

나는 할머니 학생이다

내 나이 육십일 세다

나의 아들딸보다 어린 학우도 있다

그래도 내 마음은 동심이다

세포는 늙어도 생각은 아이다

젊은 시절 하지 못한 공부

늦게나마 할 수 있어 참 좋다

나는 날개를 달았다

아직도 나는 꿈이 많다

즐겁게 수업해 주시는 선생님들이 있어

나는 행복한 할머니 학생이다

학교 가는 날

황의숙 58세

아침 일찍 서둘러 일어나
준비물 챙겨 가방에 담는다.
행여 빠진 것 없는지 점심도 잊지 않는다.
정을 나눌 따뜻한 점심도
흐트러질세라 정성을 들인다.

교실 문을 빼꼼히 들여다본다.
눈에 익은 환한 얼굴들이 반긴다.
두 주일 만에 만나는 아쉬움이
그리움 되어 교실은 들썩거린다.

이윽고 수업을 알리는 멜로디가 울리고
눈에 익은 또 한 사람
웃음 지으며 들어서는 선생님과 눈 맞춤이다.
그제서야 교실은 조용해진다.
아! 내가 지금은 여고생이지.

육십은 꽃봉우리

강복진 60세

목욕을 갔다.

할머니 한 분이

몸이 약하고 힘이 없어 보여

등을 밀어 드렸다.

할머니는 너무나 고마워하시며

내가 위 수술을 하여 위를 거의 다 잘라서

지금은 위가 새로 생겨 제법 밥을 먹어.

체중이 많이 늘었어.

내가 많이 늙었지?

아니에요. 연세는 어떻게 되세요?

내 나이 칠십을 훨씬 넘었어.

옛날에는 칠십이면 노인이라 했지만

요새는 칠십이 한창이야.

육십은 꽃봉우리야.

칠십은 한창 피어나는 꽃

팔십이 되어야 노인 축에 들어가.

나는 육십이 넘어 늦게 배움이 서글프고

우울할 때가 많은데
할머니의 말씀에 나는 표현할 수 없는 마음
아! 난 아직 괜찮구나.
아니야, 늙어 가는 서글픔의 넋두리일 거야.
아! 늙어 가는 서글픔의 한심한 반항이겠지요.

비 그치고 나서

권영덕 48세

아침부터 비가 너무 많이 쏟아지고 있다.

밀린 숙제 하느라고 마음만 바쁘다.

시간에 쫓겨서 허겁지겁 밥 한술 뜨고

정리할 것 정리하고

쏟아지는 비는 마음만 더 바쁘게 한다.

학교로 걸어오는 동안 비가 더 많이 쏟아졌다.

괜히 마음이 울적하다.

왜 이렇게 사는 것이 힘들까.

그 생각은 잠시 지나고 학우들을 보니

얼굴에 웃음이 돌았다.

교실에 앉아서 창밖을 내려다보니

비도 그치고 나무도 더욱 싱그러워 보인다.

비 온 뒤 맑은 하늘처럼

언젠가는 고진감래라는 말을 할 날이 있을 것이다.

나의 꿈

이정희 56세

지금의 학교 시절이
아직도 꿈인가 생시인가
나의 이 꿈은 영원하기를

옛날 우리 아버지 시절은
여자가 공부해서 뭐하노
시집만 잘 가면 된다 하셨다
그럴 때면 이불을 뒤집어쓰고
울기도 했던 그 시절이

지금의 나는
그 시절이 그리워 여고 2학년이다
'고' 자만 봐도 높을 고가 아닌가
그 여고 시절, 꿈에나 그리던 그 시절
그 교복은 언제 한번 입어 볼까
주름살 없는 그 청순한 어린 시절
그 모습을 떠올려 본다

비상

정소희 48세

산에는 초록이 들에는 황금이

산과 들을 뛰놀던 어린 시절

이른 봄에 피는 자목련이

그만큼 도도했을까.

화려했던 학교 생활 꿈 많던 시절

추락의 날개는 '미진학'이란 꼬리를 달고

그렇게 힘없이 주저앉았다.

그때 그렇게 포기해서는 안 되는 것을

잿빛 구름 온몸에 칭칭 동여매고

후회와 안타까움으로

나의 십 대는 슬프게 지나갔다.

한순간도 잊지도 소홀하지도 않았던

꿈을 향한 처절한 날개짓

기어이 문턱을 밟고 들어섰던 교정

가슴 깊숙이 박혀 있었던

돌덩이 하나 녹아내리던 날

하늘에는 더 이상 잿빛은 없다

오직 파란이만 있을 뿐이다.
철 이른 매화꽃이 반겨 주었던
그날이 나 어찌 잊혀질 리야.

학교 가는 날 아침

조신향 50세

이른 새벽

소리 죽여

식구들 아침상을 차린다.

학교 갈 준비를 서두른다.

오늘도 들려오는 한마디

오늘은 어느 산에 가노?

뭔 산이라 카더라. 갔다 와서 얘기해 줄게예.

남편 몰래 등록한 지가 벌써 몇 주쨴가

농협산악회에 가입했다고 뻥깠는데

날 잡아서 얘기해야지.

하지만 진짜 자존심 상하기도 하고

괴롭기도 하다.

졸업했다고 딱 속여 왔는데

어떤 반응이 나올까.

그래도 이젠 어쩔 수가 없다.

왜?

오늘이 너무나 기다려지기 때문에

그립고 반갑고 정겨운 얼굴들

고마운 선생님들

너무나 소중한 시간이다.

절대로 포기하지 않겠다.

설마 이혼하자고 안 하겠지

삼십 년 가까이 충성한 동지인데.

이젠 어쩔 수가 없다.

여지껏 살면서 이 시간만큼 소중한 시간이 있었나.

아름다운 시절

김영숙 51세

지난날에는 '동창생'이나 '여고 시절' 같은 노래를 부르면서
어딘가 허전했던 가슴
이제는 큰 소리로 불러 보리라.

중간고사 치던 날
냉장고 문을 열어 보니
초콜렛 한 봉지와 예쁜 편지지가 있었다.
"엄마, 시험 잘 치세요.
여고생인 엄마가 자랑스러워요."
막내딸이 쓴 편지

학교 가기 일주일 전부터
좋아하는 커피 냉동실에 얼리고
책과 노트 정리해서 챙기고 또 챙기고 부산을 떨고 있으면
남편이 빙그레 웃으며
영숙이 열심히 해라.

무거운 책 보따리, 밥통, 실내화
작은 이삿짐이 따로 없다.
학교에 오면 벌써 정들어 버린
또 다른 나의 가족이 있다.

엄마

강선심 47세

나는 항상 엄마, 엄마다.

익숙한 소리고 많이 듣는 말 중에 하나다.

엄마, 내 옷 어디 있어 응?

바지는 밑에 서랍, 웃도리는 윗서랍에 있다.

알았다.

그래 놓고는 내일이면 똑같은 말을 또 할 것이다.

희수 엄마, 양말은 어디 있노?

방에 작은 서랍 두 번째 있는데.

알았다.

아! 잠시만 내가 꺼내 줄게.

양말 한 켤레 꺼낼라고 서랍을 온통 뒤집어 놓을 것이 생각

나서

내가 찾아 주는 것이 속 편하다.

또 엄마 하고 부른다.

엄마, 방통 수업 몇 시에 들을 끼고?

왜? 좀 있다 할 건데.

그냥. 나도 컴퓨터해야 해서 물어봤다.

수야 엄마, 차 키 못 봤나?

잘 좀 찾아보소.

없다. 수야 엄마가 치운 거 아니가?

마루로 나가 보니 계단 위에 놓여 있다.

여기 있네.

나는 왜 안 보이지 하면서 웃는다.

아침에만 엄마 소리를 대충 스무 번은 듣는 것 같다.

동네 아줌마들도 '희수 엄마' 하고 부른다.

어느 순간부터 희수 엄마가 내 이름이 되어 있었다.

저녁이면 대문 열면서부터

희수 엄마, 오늘 반찬은 뭔데?

아! 더운데 맥주 한잔 없나.

엄마, 우리 통닭 시키 물래? 맥주하고 딱인데.

우리 식구는 이런 하루하루를 행복이라 생각하고 산다.

내 이름을 불러 주는 곳은

경남여고에서 한 달에 두 번

내 이름 선심 씨가 되는 날이다.

걸음마

강선심 47세

아장아장 걸음마를 시작했습니다.
3월에 봄 병아리들이
알에서 깨어나는 것같이
나도 배움이라는 것에 걸음마를 시작했습니다.
아장아장 걸음마
내 인생의 황금빛 같은 봄날을 반기듯
행복한 인생 그 첫걸음마를
이제 막 시작했습니다.
아장아장 걸음마를

늦게 핀 장미꽃

강선심 47세

오직 한 송이 꽃을 피우는 것에
온 힘을 다할 것입니다.
늦게 피는 꽃이라도
당당하게 아름답게 피울 것입니다.
이제 막 꽃봉오리를 만들었지만
꽃 중에 여왕이라는 장미로
화려하고 멋진 꽃으로 피어날 것입니다.

중년이란 이름 뒤에

박을숙 53세

문득 걸어온 길 뒤돌아보니

어느새 반백의 나이가 되어

중년이란 이름이 내게 주어졌구나.

평생에 한이었던 배움

중년이란 지금에야 시작한다.

늦었지만 늦지 않은 선택

그동안 못다 한 배움의 한을 풀며

중년의 아름다운 추억을 담아 본다.

중년의 이름 뒤에 또 하나의 이름

여고생이란 이름으로

고백

나금희 48세

엄마한테 다녀왔다.

아버지 산소에 들러서

환타와 알사탕을 놓고

이제야 고백합니다 학교에 다닌다고.

죄송스런 마음에 눈물이 났다.

아무도 모른다 지금 나의 학교 생활을

묘를 돌면서 음료수를 붓고 사탕을 던지는데

등 뒤에서 엄마가

당신 막내딸 왔소

우째든동 건강하고 돈 많이 벌게 해 주소.

나는 말없이 고개만 떨구었다.

아버지, 아버지가 주신 등록금은

열차에 몸을 싣고 해운대로 와 버렸다고.

인생 2막

문명숙 53세

다닥 그게 그리 안 됩니까?

움직이지 말고 다시 해 보세요.

복지관에서 컴퓨터를 처음 배울 때

클릭도 못해 듣던 소리다.

부끄러웠다.

시간이 흘러 이것저것 알게 되었다.

또 다른 세상이 거기 있었다.

잃어버렸던 중학 앨범도 친구도 있고

외국에 간 동생도 있다.

아름다운 풍경, 좋은 글, 좋은 음악, 모두가 다 있다.

모르면 열어 보면 다 있다.

모르고 지난 세월이 너무나 아쉽다.

좀 더 일찍 알았더라면 더 나은 삶을 살지 않았을까.

더 현명한 엄마가 되어

자식들을 더 나은 길로 이끌어 주었을 텐데

살기 바빠서라고 체념을 했으니

평생을 배워도 다 못 배운다는데

날마다 컴퓨터를 켜고

인생 2막은

방송통신고등학교로 시작되었다.

고등학교 입학식

김옥순 46세

2009년 3월 15일 입학식 날이다.

마음이 설레고 두근거려서 며칠 전부터 잠도 못 잤다.

교장 선생님께서 입학식 축사 때 하신 말씀이

너무나도 기억에 남는다.

언젠가 해야 되는 일이면 지금 하고

누군가 해야 되면 내가 하고

어차피 할려면 열심히 하라는 얘기

게으름 피우는 나보고 하는 얘기 같아서

나도 모르게 부끄러웠다.

내일 회사에 출근하면

꼭 이야기를 해 줘야지 하고 마음먹었다.

내가 이런 얘기를 하면 동료들은 뭐라고 할까

쓸데없이 잘난 체한다고 하지 않을까

괜히 두려움이 앞선다.

몇 사람 잡고서 넌지시 해 보았다.

그랬더니 모두 자기보고 하는 말 같다며

마음에 와 닿는다고 했다.

그런데 학교 다닌다는 얘기는 못 했다.
모두들 고등학교는 나왔다고 생각하는 것 같아서
얘기할 수가 없었다.
졸업할 즈음이면 할 수 있을까.

말 못 하는 나

박명희 45세

엄마, 이번 일요일도
어디 교양 강좌 들으러 가?
응 그래! 어떻게 알았어?
엄마가 한 번은 가고 항상 한 번은 안 가데.
언젠가는 아이에게 말할 날이 올 테지만
아직까지는 말하기가 싫다.
니가 어떻게 엄마 마음을 알겠니.

쓸 수가 없는 볼펜 두 자루

박명희 45세

고등학교 1학년인 큰딸아이는

언제나 집에 들어올 땐

눈을 반쯤 감고 들어오는데

오늘은 방긋 웃으며 들어선다.

다녀왔습니다.

그래 어서 온나.

힘들지, 오늘은 기분이 좋아 보이네.

엄마 저기 엄마한테 줄 게 있는데.

뭐?

이거 내가 아끼는 건데 엄마 해.

아니, 웬 볼펜을 주노?

엄마 주고 싶어서.

내 친구들도 나도 거의 이 볼펜 써

엄마, 너무 좋다 심도 가늘고

엄마 일요일에 교양 강좌 들으러 갈 때도 쓰고

뭐 쓸 데 쓰라고.

작심삼년이 되기를

이창희 44세

저는 대1, 고1, 초등 2학년을 둔 딸 셋 엄마입니다.

아무도 저에게 고등학교 졸업했는지

물어 오는 사람은 없지만

가끔 아이들 학교에서 생활 환경 조사가 나오면

중으로 할까? 고로 할까? 양심의 가로등이 생깁니다.

생활이 편할 때는 공부하고 싶다는 생각이 안 들더마는

지금처럼 살기 어려울 때

왜 공부하고 싶은 생각이 드는지 모르겠습니다.

겉물이 들어서일까요?

남에게 보여 주고 싶어서일까요?

아무튼 이왕 공부하고자 학교에 왔으니 욕심이 생깁니다.

영어를 열심히 해서 토익 시험도 치 보고 싶고

일등도 해 보고 싶은데 빈 수레가 요란하다지요.

작심삼일이 될까 봐 내 자신에게 마법을 걸어 봅니다.

삼 일이 아닌 삼 년이 되기를 간절히 빌어 봅니다.

남편은 아무런 말은 없지만

학교에 차로 데려다 주고 모셔 가고 하는 것을 보면

나의 학교 생활에 제일로 큰 힘을 실어 주는
나의 사랑이 아닌가 싶습니다.

뭘 하나 잘하는 게 없어요

안혜영 56세

선생님 죄송해요.

왜 난 글쓰기가 이렇게 어려운 거예요.

짜장면보다 짬뽕이 맛있듯이

글을 쓰는 것보다 듣고 읽는 것이 더 재미있어요.

생각이 연결이 잘되어야 되는데

뚝 뚝 끊어 먹어요.

뭔가 생각나 쓸려고 하면 정리되지 않고

낱말들이 막 서로 먼저 도망갈려고 야단들이네요.

사람들은 다 저마다 타고난 재주와 소질이 있지요.

숫자에 강한 사람

예체능에 뛰어난 사람

문장에 빛을 보이는 사람

그렇게 보면 전 아무것도 뛰어난 게 없어요.

난 뭘 하나 잘하는 게 없어요.

도시락

오석엽 59세

오늘 도시락을 까먹으면서 생각했다. 내 국민학교 때, 도시락을 싸 가면 옥수수 급식을 못 타 먹기에 엄마는 절대 못 싸게 하였다. 친구들과 어울려서 너무 먹고 싶었던 도시락. 엄마 몰래 한 번 싸 가서는 부끄러워 결국엔 혼자 웅크리고 먹었던 도시락. 가슴 깊이 묻어 두었던 기억을 일구어 주는 오늘 이 순간 방통 점심시간. 행복하여라.

어려운 숙제

이갑연 55세

숙제로 시를 써야 한다.

뭘 쓰지 마음이 한짐이다.

길을 가다가 문득 생각이 떠올라

집에 가면 써야지 했는데

그만 펜을 잡으면 아까 뭘 생각했는지

백지장이 되어 버린다.

선생님께서 살며시 웃으시며

시 안 적어 오면 점수 안 드립니다 하시며

애절하게 부탁하시는 얼굴만 그려진다.

선생님의 말씀을 안 들을 수 없어 써야 하는데

이 일을 어쩌면 좋을까.

걱정 없는 바람은 방 안까지 놀러 와

바보라고 놀리는 것 같은데

그래도 여전히 앞이 캄캄할 뿐 생각이 안 난다.

아마 이 글 보시고 입가에 쓴맛 다시며

또 빙그레 웃으시겠지.

공부

최인순 61세

국영수 다 나에게는 어려운 과목

학교에서 선생님 말씀하실 때는

재미도 있고 알 것도 같은데

집에 와서 보면 다 어디로 갔나

명색이 하이스쿨 학생인데

요렇게 머리가 안 따라 줘서 어찌할꼬

마음만 이팔청춘

몸과 공부 머리는 어쩔 수 없는 육십 대

시험은 코앞인데

갈 길은 멀고 해는 저문데

걱정만 한보따리

여고생

남순이 50세

꿈같은 여고생이 되었습니다.

사이버 학습 듣는 것도 신이 납니다.

보름에 한 번씩 학교 가는 날도 기다려집니다.

비록 흰 카라에 검정 교복 갈래머리 소녀는 아니지만

그래도 신이 납니다.

흰 카라에 검정 교복에다 사각 가방을 들지는 못하지만

그래도 신이 납니다.

돌아서면 잊어버리지만

그래도 신이 납니다.

선생님께서 설명을 하시면

고개를 끄덕끄덕합니다.

순간에는 다 알 것 같습니다.

하지만 공부가 끝날 때 선생님께서

질문하실 분? 이라고 말하면

소녀같이 설레고 두렵습니다.

틀릴까 봐 자신이 없어진답니다.

다른 학우님이 대답하면

나만 뒤처지는 것 같아서 가슴이 무거워집니다.
가슴이 마치 새가슴같이 작아집니다.

노인 여고생

이점도 54세

그대를 그리워함도 사치였고

그대가 보고파 울부짖어 봐도

그대는 흔적 없이 사라지고

그대가 아니 오실 줄 알았습니다.

그대가 백발이 되어서

나의 대문 밖에 서성거릴 때

나는 그대를 알아보지 못했습니다.

그대는 나를 반가이 맞아

내 집 안으로 들어오시던 그날

나는 기쁨과 슬픔에 북받쳐

그대를 품에 안고 밤을 지새 울었습니다.

진흙 속 한 줄기 연꽃

서옥자 67세

예순이 넘어서야 내 손으로 내 인생 열었구나. 반백 년 전 시골뜨기 말총머리 소녀가 고등 교육 유학길. 영리하지도 못했는데 가정의 울타리 속에 묵묵히 작은 일이라도 도우며 쉬운 서적이라도 읽곤 했으니. 가는 세월에 적응하면서 비바람도 맞고 돌부리에 부닷치기도 하면서. 이젠 겨우 필 들고 살아가니 진흙 속이 아니면 한 줄기 연꽃은 필 수 없구나.

세월과 동지

심정희 49세

거무스레한 팥죽
그 속에 뽀얀 한 입 새알 새어 가며 먹던 그 시절
내 팥죽에 새알 적게 들었다고
고모 것 욕심내다가
"너 남의 것 먹으면 나이가 곱으로 먹는다."
그래도 아랑곳하지 않고 욕심을 부리던 옛 추억이
오늘따라 한없이 그립기만 하구나!

새알 한 입 한 입 먹듯
세월도 어느덧 한 해 두 해 흘러갔구나!

지금 절에서 먹고 있는 이 팥죽 안에는
세월의 무게와 삶의 무게가
고스란히 담긴 것 같아
먹기가 부담스러워 문득 서글퍼진다
한참을 음미하면서 비웠다

내가 보낸 긴 세월 또한

이렇게 비우고 다시 채우며 살아왔겠지

그리고 남은 세월도 그러하겠지

일흔 살의 계집아이

김춘자 71세

창살 없는 감옥에서 탈출하려 한다

나이 일흔에 어디로 가야 할까

할 일은 다 했는데 내 갈 길은 어드메뇨

칠십에서 '0'만 빼면

나는야 일곱 살 계집아이

일곱 살 계집아이처럼

아무것도 모르면서 그저 마냥 신나서 학교로 가련다

배움에 배고팠던 일곱 살 적 어린 나

동무들아 우리 함께 그때처럼

어깨동무 발맞춰 학교로 가자

2부
내 새끼

남편

최영숙 59세

올해 육십인 남편은 트레일러 기사다.

차 한 대를 회사에 넣어 지입료를 받고 일을 한다.

그런데 어느 날 차를 팔아 버렸다.

겁이 덜컥 났다.

아직 출가하지 않은 딸이 셋이나 있는데

계획도 없이

그렇게 두 달을 놀던 어느 날

시골 어머님이 계신 곳으로 가자 했다.

나는 다니려 가는 줄 알고 따라나섰다.

그러나 그게 아니다.

읍에 장날에 내려가 단감나무를 사 와서 밭에 심었다.

귀농 준비를 하고 있는 것 같다.

큰일이다.

나는 못다 한 공부를 꼭 해야만 되는데

시골집이 너무 멀어서 학교에는 갈 수가 없는데

이놈의 영감 우짜면 좋노.

감자

최윤선 40세

시골에서 돌아온 남편 손에
박스 하나가 들려 있다.
알알이 여물은 감자가 가득 담겼다.

고맙습니다 어머니
저랑 동우랑 감자 억수로 좋아하는데예.
그래 올해는 씨알이 작다.
아닙니다 삶아 먹기 딱 좋아예. 잘 먹겠습니다.
고생은 어머니 아버님이 하시고
저희는 먹는 거만 잘하네예. 죄송합니다.
아이다 비가 와서 다 못 캤다.
나중에 캐면 또 부치 주께. 작으나따나 무라.
예 어머니 때 잘 챙겨 드세요.

그러고 전화를 끊었다.
뼈마디 굵어 계신 시어머니 생각에 죄스러웠다.
문안 인사도 자주 못 하는 내가 뭐 이쁘다고

어머님 아버님 사랑합니다.
알콩달콩 잘 살게요.
어머니 감자가 참 맛있어요.

우리 언니

백순선 53세

언니가 떠났습니다.
다시는 올 수 없는 길을 떠났습니다.
열 살 차이로 언니라기보다는 엄마 같았던
언니가 떠났습니다.

사남 사녀의 시골집에서 장녀로 태어난
그 죄로 집안일하느라 동생들 돌보느라
초등학교도 이 년밖에 다니지 못했던
그래서 글도 제대로 깨우치지 못해서 부끄러워하던
언니가 떠났습니다.

한평생 고생만 하던
한 푼이라도 모으고 아끼느라
육십 평생 제주도 여행 한번 가 보지 못했던
언니가 떠났습니다.

언니는 다시 오지 못합니다.

저도 다시는 언니를 보지 못할 것입니다.
빛바랜 흑백 사진 속에
환하게 웃는 언니 모습을 보면서
저도 모르게 웃음 짓다가 웁니다.

옥수수

김수득 55세

재래시장에 갔다.
알갱이가 꽉 찬 옥수수가 여기저기서 손짓을 한다.
여름밤 옥수수를 삶아서
식구들이 모여 오손도손 이야기하며 먹던 지난날

특히 친정어머니가 좋아하시던 옥수수
지금은 하늘나라에 가고 계시지 않지만
여름만 되면 어머니가 더욱 그리워진다.

나는 밥보다 옥수수가 더 좋다 하시면서
맛있게 잡수시던 그 모습이 지금도 눈에 선하다.
어머니, 보고 싶습니다.
이 딸도 나이를 먹어 가니 어머닐 닮아 가나 봐요.

아버지와 고구마

최금순 65세

내가 어렸을 때 우리 아버지는 목수였다. 하루는 고구마를 캐러 가자고 하길래 같이 밭에 따라갔다. 그때는 소와 쟁기로 밭갈이하듯이 쟁기로 갈면 옆에 따라가면서 일어날 틈도 없이 고구마를 주워서 옆으로 던져 모아 놓아야 했다. 내가 한 열다섯 살쯤 되었던 것 같다. 너무 허리가 아파 일어섰는데 너무 역정을 내서 고만 나 혼자 집으로 도망가듯이 오고 말았다. 그런데 아버지는 소를 소나무 밑에 묶어 두고, 쟁기도 옆에 그냥 두고, 날 찾으려고 온 동네를 찾아 헤매고 다니신다. 나는 너무 무서워서 아버지 앞에 잘못했다고 빌고 싶었지만 두들겨 맞을까 봐 도저히 그럴 수가 없어 용기가 나질 않았다. 누구한테도 도움을 청할 데가 없었다. 내가 아홉 살 때 어머니는 하늘나라 가셨다. 지금도 생생하다. 고구마 삶아 먹을 때면 그때 생각이 머리를 스쳐 간다. 아버지도 지금은 먼 나라로 가셨기에 지금 생각하면 무서워도 살아만 계셨다면 얼마나 좋을까. 내가 부모 되어 보니 너무 못 해 드렸던 것이 가슴이 저려 온다.

아버지

이재언 46세

아버지는 어부이셨다.

바다에 나가시지 않은 날은

우리 삼 남매가 공부하는 모습을 지켜보곤 하셨다.

우리 삼 남매가 배 깔고 엎드려 공부하고 있으면

옆에 가만히 앉아서 연필을 깎아 주곤 하셨다.

예쁘게 깎아서 필통에 길이 순서대로 나란히 넣어 주셨다.

아이들이 연필을 쓰기 시작하면서

나도 아버지 생각하면서 내 손으로 연필을 깎아 주었다.

그리고는 아이들에게 이야기를 해 주었다.

옛날에 외할아버지도 엄마 어렸을 적에 손수 깎아 주셨노
라고

그러면 아이들이 물어본다.

엄마, 외할아버지도 연필을 이렇게 못난이로 깎았어요?

그 소리에 연필을 들여다보면

참으로 못난이처럼 깎아 놓은 것 같았다.

그리움

김수자 54세

어느 오후 시장에 갔다 오는데

우리 아버지하고 똑같다.

어쩜 저렇게 닮았을까.

세월만큼 잊는다고 할까.

아버지 가신 지도 오 년 세월

울기도 많이 했건만

안 보면 잊는다고 했는가.

보고 싶다

그리움이 되어 버린

우리 아버지

몸이 아파 학교 못 다닌 딸을

공부도 시기가 있는데 걱정하시던

그 모습 눈에 선하다.

아버지

다음 생에도 당신의 딸로 태어나고 싶습니다.

우리 엄마

박영숙 51세

엄마! 억척스런 우리 엄마

엄마라고 불러만 보아도 가슴이 먹먹해집니다.

오 남매를 키우시느라

하루도 허리 펼 날이 없었던 당신입니다.

어렸을 땐 맏딸이란 게 정말 싫었습니다.

내가 고등학교 갈 때 남동생이 중학교 가는 바람에

나는 고등학교를 포기할 수밖에 없었지요.

그때는 정말 엄마를 원망도 많이 하였지요.

엄마 가슴에 못 박는 말도 많이 하였지요.

엄마처럼 살지 않겠다고 대들었지요.

엄마! 그런데 문득 어느 날 내 자신을 보니까

그 옛날 엄마랑 똑같이 억척스럽게 살고 있는 나를 보고

나도 놀랐습니다.

그때는 철이 없어서 엄마 가슴 많이 아프게 하였지요.

엄마의 부지런함과 억척스러움 덕분에

동생들은 대학까지 다닐 수가 있었지요.

엄마! 나도 이제 고등학생이 되었어요.

아직 엄마한테 말을 못 했어요
엄마 가슴 아플까 봐서.
다음에 시골 갈 때는 꼭 말해 줄게요.
엄마! 이제는 미안해하지 마셔요
지금은 그때 중학교 졸업시켜 준 것만도 고마운걸요.

금반지

최경숙 53세

엄마가 먼 길 떠나시면서

물려주신 금반지 한 개

평소에 막내딸이 해 준 거라고

무척이나 아끼셨던 반지

일하실 때 끼면 닳는다고

끼지도 않으시고 아끼셨던 그 반지

그 반지를 지금 내가 끼고 있다.

엄마의 따뜻한 손

엄마의 따뜻한 마음

금반지에 다아 묻어 있다.

나의 짝지

이영순 59세

나의 영원한 짝지

언제나 나의 기쁨이 자기의 기쁨인 양 사는

그의 눈에는 아직도 작은 단발머리 가시나

그래서 늘 걱정투성인가

오늘 비 오는 날

경남여고 마당에 내려 주고 간

나의 짝지

딸을 학교 보내는 아버지처럼

"공부 잘하고 와!"

울 엄니!

조신향 50세

가엾은 울 엄니!
너무너무 보고 싶어 목이 아프네요.
엄마! 참으로 오랜만에 불러 보는 것 같네요.
평생을 황소같이 일만 하시다가
젊디젊으신 나이에 우리 곁을 떠나가신
보고 싶은 우리 엄니!

어린 나이에 시집 와 보니
작은 단칸방에 사과 궤짝 달랑 하나
그 안에 그릇 몇 개 숟가락 몇 개가 살림살이 전부였다나.
거기에 홀로 계신 시어머니까지
한방에 같이 살아야 했다는 얘기. 허 참!
그런데 더 기가 막힌 것은
시집온 지 한 달 만에 어린 색시 혼자 어떻게 살라고
아무런 대책도 없이 군대를 가 버렸다네.
할머니 혼자 두고 군에 가기 걱정되어
엄마랑 서둘러 결혼하신 걸까.

그날 이후 엄마는 시장에 배추 트럭이 오길 기다렸다가
떼어 버리는 겉잎들을 주워 와선
김치도 담고 나물도 하고 국도 끓이고
하시다 보니 굶는 날이 더 많았다는군요.
그때부터 엄마는 닥치는 대로 양철로 된 큰 다라이에
물건을 가득 담아 머리에 이고 다니면서
팔다 보면 목이 내려앉는 것처럼 아프셨다네요.

어느 날은
머리 가득 물건을 이고 강을 건너다가
불어난 물이 가슴까지 차올라
떠내려갈 뻔했던 적도 있었다네요.
돌아오는 길에 밀가루라도 한 봉지 사 들고 오는 날이면
큰 부자가 된 듯 기뻤다네요.

그 와중에 내가 태어났고
아버지도 제대하셨고

단칸방에 고물고물 동생들과 할머니와 같이 살았다네.
할머니는 꼭 새벽 네 시면 자는 나를 업고 교회를 가셨다.
교회 종을 치는 사람은 언제나 할머니였다.
돌아가시는 날까지 한 번도 새벽 기도 빠진 적이 없다 하셨다.
나중에서야 할머니께서 왜 그렇게 새벽 일찍
기도를 열심히 다니셨는지 알 것 같았다.

하나밖에 없는 아들에게 늘 구박만 받고 사신 우리 할머니!
언제나 겨울이면 무우를 숟가락으로 긁어서
우리들 입에 넣어 주시던 우리 할머니!
할아버지께선 울 아버지를 낳은 지
돌도 되기 전에 돌아가셨다는군요.
외동아들이라 오냐오냐 키웠더니
자기밖에 모르는 철부지가 돼 버렸다는 할머니의 탄식 소리

울 아버지는
자기밖에 모르고 모든 걸 챙겨 주어야 하고

배려심도 없고 부모 공경도 모르는
그러니 엄마의 마음고생이 어떠했을까.
성격은 얼마나 불같으셨는지
조금만 마음에 안 차면
집안을 전쟁터로 만드는 바람에
우리 엄마는 평생을 대꾸 한번 못 하고 사셨다네요.

천사표 울 엄마!
우리가 자라면서 보아 온 엄마는
정말 진짜 천사였어도
저렇게 마음이 고울 수가 있을까 생각이 들 정도로
베풀기를 좋아하시고 심성이 너무너무 고우셨다.
가게를 하시면서 그 바쁜 와중에도
틈틈이 이웃에 혼자 사시는 어르신들에게
냄비에 국 끓여 나르기 바빴고

반찬 챙겨 드리고 김치 담아 드리고

새벽 일찍 집 앞 긴 동네 골목을

아침마다 깨끗이 쓸어 놓으시고

불쌍해 보이는 사람이 가게에 오면

꼭 밥 먹여 보내시고

없어 본 사람이 없는 사람 심정 알고

굶어 본 사람이 배고픈 사람 심정 안다고

꼭 우리 엄마가 그랬다.

동네 어르신들이 한결같이 하시는 말씀

세상에 니 엄마 같은 사람 없을 끼라.

자라면서 우리는 엄마에게 한 번도 크게 혼난 적이 없었다.

언제나 감싸 주시고

챙겨 주실 줄만 아셨던 엄마였던 것 같다.

하늘도 무심하시지

그렇게 고달픈 삶을 선하게만 살아오신

천사 같은 울 엄니를 왜 그렇게 일찍 데려가셨는지

엄마!

너무너무 보고 싶어요.

며칠만이라도 저와 같이 있다 가시면 안 될까요?

꼭 하고 싶었던 말도 많이 있고

해 드리고 싶은 것도 많은데

불쌍한 우리 엄니!

엄마!

정말정말 사랑해요.

그리고 너무너무 고맙습니다.

친정어머니

조영희 50세

기역 자 골목길 어디서
어머니 목소리가
뛰어나올 것 같다
하늘에 별은 또렷또렷하고
가늘고 예쁜 달은
어머니 눈썹 같구나

시집가는 날
골목길 끝까지 따라오는 그 목소리
잘 살아!
잘 살아!
이 세상 끝까지 찾을 수 없는 그 목소리
육 남매 가르쳐 주신
고생하신 그 목소리
지금은 고이 거두어들이시고
잠이 드신 목소리

먼 길 떠난 당신에게

최명순 60세

당신 계신 그곳은 지금 무슨 계절입니까?

이곳은 봄 지난 여름 문턱에 이르렀습니다.

당신과 함께 가꾸던 뜰엔 지금 한창

들꽃들의 잔치가 시작되었습니다.

패랭이 삼색제비 초롱 난 매발톱 송엽국……

수없는 꽃들이 당신을 대신해 나를 반기고 있습니다.

특히 현관 앞에 백화동은 절정입니다.

이 집 구석구석 당신 손길 닿지 않은 곳이 없는데

당신은 어디 계시는지

여보, 당신 딸 선영이가

둘째를 6월 4일 제왕절개로 낳기로 했습니다.

아무 탈 없이 순산할 수 있게 지켜 주세요.

아들 내외 역시 하루빨리 2세를 볼 수 있게 도와주세요.

다시 만나는 그날까지

우리 가족 잘 지켜 주세요.

내 새끼

이숙조 42세

삶이 너무 팍팍해
앞만 보며 동동거렸습니다.

비 오는 어느 휴가 날
베란다에서
내 새끼 등굣길 뒷모습을 보았습니다.

눈물에 흐릿하게
멀어져 가는 조그마한 등이
하늘만큼 크게
가슴에 쿵 박혔습니다.

조금 늦게 낳아
언제나 가슴 저린 내 새끼는
그렇게 제 인생의 발자국을
조금씩 내딛고 있었습니다.
이제 여덟 살 내 새끼가 말입니다.

추석

정필선 54세

오늘따라 어머니 생각이 너무 많이 납니다.

눈에서 눈물이 납니다.

군청에 가는 길에 동생을 보고 왔습니다.

열심히 일을 하고 있는 모습이 좋았습니다.

돌아오는 길에도 왜 그런지 생각이 많이 납니다.

하늘 한번 쳐다보고 어머니 얼굴을 떠올리면서

십 년 전에 아버지도 돌아가셨는데

아버지 얼굴도 구름 위에 떠올립니다.

언젠가 일을 하시면서

나는 죽으면 하늘에 구름이 되어야지

하시던 아버지의 말씀이 생각납니다.

그래서 나는 아버지 생각이 나면 하늘에 구름을 쳐다봅니다.

아버지!

어머니가 십 년 동안 아버지 생각하시면서 돌아가셨습니다.

어머니를 만나면

두 분이 천당에서 행복하게 사셨으면 합니다.

어머니를 뵙고 오는 길

박영숙 51세

애야, 열심히 살거라이. 잘 살아야 한데이.

돌아오는 차창가에

기어이 다시 한 번 더

우리 엄마 하시는 말씀에는

사랑이 사뭇 배어 있고

부드러운 손결이 숨어 있고

못내 아쉬운 짧은 작별이 있다.

한 세월 숨은 고통이 밀물처럼 고여 있고

깊은 주름살과 여한이 섞여서 흐르며

깊으나 깊은 자식 사랑이 그렇게 접혀 있다.

뵈러 갈 때 들뜬 마음이

돌아올 땐 왜 이리 쓸쓸한지

자주 찾아뵈어야지

전화라도 날마다 드려야지

이 마음이 사흘이나 갈라나

이렇게 몹쓸 딸인지도 모르고서

애야, 열심히 살거라이. 잘 살아야 한데이.

우리 엄마 말씀에는 깊은 자식 사랑이 절절히 배어 있다.

우리 엄마

정원예 59세

우리 엄마는 앞을 못 보십니다.

그러나 그 마음의 눈은 누구보다 맑고 아름다우신 분입니다.

일흔여덟 해를 사시는 동안 남을 미워하거나 남을 해친 적
이 없는 분입니다.

그런 분이 많이 아프십니다.

볼일 보러 가시는 것조차 힘이 들 정도로

누워만 계시는 분이 되고 말았지요.

앞을 못 보는 것도 안타까운데

얼마 전에 대퇴골 수술을 하셔서 다리를 못 쓰는 날이 오고
말았지요.

이런 심정을 그 누가 알까요.

우리 엄마는 누구보다도 강하고 깔끔하신 분입니다.

그런 분이 남의 손 아니면 아무것도 할 수 없게 되고 마셨
지요.

엄마는 자존심이 강한 분입니다. 의지도 강하시고.

자기가 앞을 보지 못한다는 것을 인정하시고

우리 사 남매를 아주 잘 키우셨습니다.
남들이 봉사 자식들 더럽다는 말, 남이 손가락질할까 봐
우리들을 너무나도 깔끔하게 키우셨습니다.

그런 우리 엄마가 지금은 가만히 누워서 계십니다.
내가 왜 이러고 사는지
하는 말에 내 가슴이 찢어지고 내 마음이 너무 아픕니다.
실수를 해 놓고, 내가 얼른 죽어야지 미안하다 미안해
하면서 어쩔 줄을 몰라 하시는 모습에
가슴이 찢어지고 또 찢어져서 소리 없는 울음을 울어야 합
니다.
엄마 괜찮아. 인생은 돌고 돌아.
옛날에 엄마가 보지도 못하면서
우리들 똥기저귀 치우면서 키웠잖아. 이쁘게 말이야.
그래서 나도 그 빚 갚는 거야.
엄마 나 빚 갚게 아무 말 하지 말고
미안해 하지 마 알겠지.

우리 엄마 이름은 이외출입니다.
출아 출아 우리 출이 수고했다 잘했어 아이구 이쁘네 하니까
눈물 반 웃음으로 고맙다 하셨습니다.

그럭저럭 하루하루가 갑니다.
돌아가시는 길이 겁이 나는지
밤이나 낮이나 나를 찾습니다.
희야 있나?
응 왜? 하면
어디 갔나 해서.
엄마 걱정 마. 내가 나가면 간다고 할게 마음 푹 놓아.
그러면 마음이 놓이는지 편안해 하십니다.

밤에는 내 손을 꼭 잡고 주무십니다.
어느 날 엄마가 편안하게 웃는 모습이 얼마나 아름다운지
꼭 천사 같았습니다.
그 웃음이 내 가슴 깊숙이 스며드는데 너무나 찡했습니다.

나도 모르게 눈물이 주루루 흘렀습니다.

잊지 않을 거요 그 모습 그 화사한 웃음 그 웃음을

아무 말을 하지 않아도 그 웃음만으로도

난 너무나도 엄마의 추억을 잊지 못할 겁니다.

우리 엄마 옥황상제의 딸이 되셔서

공주님이 되셔서 꼭 행복하세요 하니까

고맙다 내 꼭 공주님 할게 하셨습니다.

돌아가시는 길 그 언젠지 몰라도

살아 계시는 동안은 마음 편히 모실게요.

철이 들고 한 번도 엄마를 부끄러워해 본 적이 없답니다.

누구보다도 의지가 강하신 분

누구보다도 자식을 사랑하신 분

그 사랑으로 엄마를 사랑합니다.

우리 시어머니

김옥순 63세

방문을 여니 메주 뜬 냄새가 난다.

코를 찌른다.

아니나 다를까

변이 이불에 시트에 묻어서 엉망이 되었다.

우리 어머니는 누워서 대소변을 보신다.

우리 어머니 어쩌면 좋겠노.

내가 너무 오래 살았어 어서 죽어야 할 텐데 하신다.

어머니를 보는 순간 눈물이 얼마나 쏟아지는지

내 눈물의 의미는 무엇일까?

나도 언젠가는 저런 날이 오려나

아니면 시어머니에 대한 환멸일까?

그리 건강하시던 분이

왜 저렇게 누워서 대소변을 보시는지

불쌍한 시어머니

나한테 시집살이도 왜 그리 모질게 시키셨는지

어머니 그때 왜 그러셨는지

꼭 한번 물어보고 싶다.

어머니의 육이오

정영림 35세

올해도 찾아오는 우리 어머니의 육이오

한번쯤은 비켜 가도 좋으련만

이번에는 어머니는 일주일을 병원에 누워 계신다.

그 옛날

열네 살 여린 소녀는 면장인 아버지가

인민군이 돌아간 후 살아 있다는 이유 하나로

어머니는 갈평산 자락에서

아버지는 뒷산 중턱에서

국군의 총에 맞아 한날한시에 그렇게 떠나보냈다.

깊은 밤중 통곡도 제대로 하지 못한 채

어머니의 얼굴을 갈잎으로 몰래 덮어 주었다고 한다.

그날 그렇게 코흘리개 여동생과 젖먹이 남동생의

가장이 되어 버린 어머니

열네 살이란 나이 때문에

며칠에 한 번씩 국군들에게 끌려가

모진 매질을 견뎌야만 했다.

모진 매질을 피하기 위해 열다섯 생일 전날

아버지와 결혼하셨다는 어머니
동생들이 그리워도 가 보지 못하고
몇 년 지나 찾은 집에 젖먹이 남동생은 없었다.
해마다 이맘때가 되면 병원에 누워 계시는 어머니
그저 이 시기가 빨리 지나가길 바랄 뿐.

나는 다시 태어나도
당신과 결혼할렵니다

박명순 48세

일요일 아침

노부부들 사는 이야기가 나오는 텔레비전 프로를 보다가

뜬금없이 남편이 자고 있는 내 손을 잡으며

나는 다시 태어나도 당신과 결혼할 끼다. 당신은?

그 바람에 난 잠에서 깨어나서 퉁명스럽게

아닌 밤중에 홍두깨처럼 무슨 말이냐고

나는 다시 태어나면 당신하고 결혼 안 할 끼다.

돌아누우면서 빙그레 웃는 내 눈에는 이슬이 맺혔다.

삼 남매 막내인 남편과 오 남매 장녀인 나는

친정어머니 친구 분 소개로 만난 지 한 달 만에

그 해는 결혼하면 안 된다고 해서 약혼식을 하고

그 이듬해에 결혼식을 올렸다.

결혼과 동시에 처제 둘과 같이한 신혼 생활

그 와중에 몸이 편찮으신 친정어머니도 우리 몫이 되었다.

둘째 아이 입덧으로 힘들 때 친정어머니 병원 생활이 시작
되었고

친정어머니 병 수발에 여념이 없었다.
남편과 큰아이 뒷바라지를 제대로 못 해도
한마디 불평이 없던 당신
왜 그때는 그렇게 철이 없었을까.

작은아이가 태어나 돌이 지나고 걸음마를 할 때쯤
친정어머니는 우리 곁을 떠나시고
그 충격으로 쓰러지신 장인어른
오갈 데 없는 처남 둘까지
고스란히 당신과 내 몫으로 대가족이 되었다.
당신은 반신 불구가 된 장인에게
어찌 그리 살갑게 잘하던지
내가 친정아버지 목욕시킬 때 힘들어 하면
당신이 발 벗고 목욕시키고
손발톱 다 깎아 드리고
지나가다 좋아하는 음식 보이면 사 가지고 와서는
밤중에라도 드시라고 차려 드리는 당신

난 내 부모라도 짜증내고 힘들다고 군소리하는데

남들은 가족끼리 손잡고 나들이도 가고 외식도 하는데

한 번도 원망 않고 짜증 안 내는 당신

장인어른 누워만 계셔 얼마나 외출하고 싶겠냐고

엘리베이터도 없는 아파트라 업고 내려가서

차로 모시고 태종대 한 바퀴 돌고

좋아하시는 식사 대접하고

귀찮아하는 기색 한번 없던 당신

그 시간만큼 조금이나마 내가 쉬었으면 하는 심정으로

처남들도 혹시 누나 집에서 눈치 보지 않을까 용돈이 궁하
지 않을까

수첩 속에 나 모르게 살짝 돈을 넣어 놓고 가는 당신의 배려

살아온 세월 나의 동반자로 살면서

삶이 고되고 힘들었을 텐데

다시 태어나도 결혼한다니

당신이 고맙고 미안할 따름이다.

지나간 세월을 돌이켜 보면
신혼도 없고
십 년간 장인 병 수발이 끝이 나고
처제 처남 결혼시키고
결혼 십팔 년 만에 찾아온 우리 식구만의 시간

살다 보면 저마다 인생에는 수많은 갈피들이 있듯이
이제부터라도 혼자가 아닌 둘이 되어 서로를 의지한다는
것이
얼마나 큰 위로와 힘이 된다는 것을 이젠 알게 되었기에
당신의 이름과 당신의 모습을 소중히 담아서
영원히 간직하렵니다.
가 버린 시간만큼 세월도 우리를 앞서서 훌쩍 가 버렸지만
당신과 나의 시간이 얼마만큼 남아 있는지 모르지만
남아 있는 시간만큼은 이제라도 당신을 위해 쓰도록 하겠
습니다.
고맙습니다

나 당신을 머리가 아닌 가슴으로 사랑할 수 있게 해 줘서.

이제 당신에게 말할 수 있습니다.

나도 다시 태어나 당신하고 결혼할 끼다.

가정 시간

김정순 62세

선생님 말씀 하나하나에 귀가 쫑긋해진다.

이게 무슨 소리인가 모르고 살아온 게 너무 많다.

그중에서도 가장 가슴에 와 닿는 단어 하나

'가족 해체기'

태산이 와르르 무너지는 느낌이다.

지금 내가 바로 그 시기에 와 있는 것이 아닌가?

나는 이제 여고 1학년

하고 싶은 것도 너무 많고 배울 것도 너무 많은데

가족과 헤어질 준비나 해야 하다니

더구나 우리 집 남자 친구는 폐암 선고를 받은 지 오 년

서울 내로라하는 병원에 다녀 봤지만

조금 낫는가 싶으면 재발하고

몸은 나빠질 대로 나빠져

하필이면 지난 5월 우리 학교 시험 시기와 맞추어

생사를 오락가락하다가

입원해서 온갖 검사를 다 받으니

신장까지 나빠져 버리다 못해

이제는 이틀에 한 번씩 투석까지 받으니
그보다 더 안타까운 건 시도 때도 없이 하는 기침
내가 할 수 있는 건 고작 등이나 두들겨 주는 것밖에
도와줄 수 있는 게 아무것도 없다.

못다 한 인연 그리움 되어서

류숙희 55세

당신 나 고생할까 봐 피하셨나요.

아니면 아픔이 싫어서인가요.

당신이 원하는 길이어서 보내 드렸지요.

가시는 날 통영 앞바다에 숭어 두 마리가

반갑다고 뛰어오르는 모습을 보여 주셨지요.

친구들을 보고 작별 인사를 하셨나요.

당신은 가고 안 계시지만 그 빈자리엔

당신 손길 곳곳에 남아 있다오.

당신이 잠깐 여행을 떠난 거라고 생각한답니다.

이제 당신 숨결은 느낄 수 없지만

당신 생각은 내 가슴에 담아 주었지요.

생각날 때마다 꺼내 보는 재미

나만 알지요.

오늘도 우리 집 거실에서

광안대교 앞바다를 바라보며

당신과 함께

차 한잔 한걸요.

김 양식장에서

이재월 51세

우리 집은 섬이라 김 양식을 했다. 언제나 새벽이면 큰딸인 나를 깨워서 김을 뜯으로 갔다. 김 양식장에 가면 김들은 고드름이 되어 있고 그 고드름이 된 김을 장갑도 없이 맨손으로 뜯어야 했다. 너무나 손이 시려워 한 번은 뜯고 한 번은 엉덩이에 손을 넣으면 아버지는 이까짓것 추위로 그러니? 하면서 야단을 치셨다. 그런데 진심이었을까. 내가 결혼하려고 날을 잡았는데 꿈에 돌아가신 아버지가 보였다. 아무 말이 없으셨다. 무슨 말을 해 주시고 싶었을까?

아버지 마음

박정순 71세

이른 새벽 무서운 칼날 같은 바람

손끝이 칼로 벤 것같이 시리고 따가운 느낌

꽁꽁 얼은 내 손 호호 불며

아버지 따라서 영도다리를 건넌다.

전차가 떠날 시간 아직 멀었는데

무슨 일인지 몰라도 밤새 두 사람 다투는 소리

잠 설쳐 따라가는 어린 나

난 어디로 가는지

아버지 목도리 풀어 내 손 감싸 주며

"나중에 장갑 사 줄게."

그 말씀이 목이 멘 소리 같다.

세월이 지난 지금에야 아버지 마음 알 것 같다.

시리고 아린 내 손보다 더 시리고 아프셨을 것을

장갑 끼지 않은 내 손을 보고 얼마나 쓰리셨을까

아버지 마음!

아버지 생각

하윤순 50세

우리 아버지는 말씀이 별로 없으시면서 참 부지런하신 분이다. 하루는 아버지가 논일을 하실 땐데 나는 중참을 라면으로 끓여 갔다. 아버지는 라면을 맛있게 드신다. 나는 저쪽에 멀찌감치 앉아 있다. 아버지는 라면을 조금 남겨 주시면서 먹으라고 하셨다.

아버지

황윤정 62세

    모질게 나만 미워한다고 늘 가슴 한구석에 남아 있던 아버지였지만 내가 대구 직장 생활 하다가 히마가 져서* 돼지고기 한 근 사과 몇 개 사 들고 어둠이 진 저녁 대문 앞에서 엄마 하고 불렀다. 엄마가 깜짝 놀라 방문을 열자 편찮으셔서 일어나지도 못하시는 아버지 말씀, 우리 강생이* 추운데 하시며 얼음장 같은 내 손을 아버지 요 밑에 넣어 주셨다.

* 히마가 져서 : 여기서는 '회사가 문을 닫아서'라는 뜻으로 썼다. 일본 말의 흔적이다.
* 강생이 : 강아지

소

김영숙 53세

아침에는 아버지가 소 먹이러 가고
오후 학교 마치고 오면
나보고 소 먹이러 가라 한다.
소 먹이러 가기 싫어하면
네 시집갈 때 소 한 마리 줄게
하면서 나를 꼬셨다.

아버지 생각

임금임 64세

아침 일찍 소 풀을 먹이로 가야 되는데
꾀가 났다.
배가 아프다고 엄살을 부렸다.
아버지는 내 등에 업혀라 하신다.
나를 업고 방을 왔다 갔다 하신다.
아버지 등에서 천정을 올려다보니
파리가 한 마리 붙어 있어
파리를 잡던 생각이 난다.

어머니의 눈물

이명자 44세

어느 날 어머니 사촌 오빠께서 오셨다.

아무리 힘들어도 우리에게 눈물을 보인 적이 없었는데

사촌 오빠께 하룻밤만 주무시고 가시라고 하니

아니다 너 얼굴 봤으니 됐다고 하며 가신다.

어머니는 사촌 오빠 손을 잡고 차머리까지 따라가시며

눈물을 하염없이 흘리셨다.

아버지의 낚시

정말례 58세

아버지는 낚시를 매우 좋아하셨다.
이너무 첨지 오늘도 낚시하러 가나
엄마가 짜증난 목소리로 한마디 한다.
아버지는 별말 없이 으흠 으흠 하시며
긴 낚싯대와 망태를 메고 낚시터로 가신다.
엄마는 화가 나서
저너무 영감탱이 맨날 낚시나 하러 가고
농사는 언제 지얼라 카노.

구멍 난 바지저고리

강갑연 63세

아버지 비단 바지저고리 앞섶에는
구멍이 뿡뿡 나 있다.
이거 소죽 솥에 불 때다가
불똥이 떨어져서 이렇게 되었다고 하신다.
담뱃불이 떨어져서 그렇게 되었는 줄 알고 있는데
아버지는 며느리한테 담배 피우시는 것을
숨기고 싶으셨던 것이다.
씨익 웃으면서 말씀하시던 모습이
삼십 년이 넘은 지금도 눈에 선하다.

어머니

문옥란 60세

집 앞 베란다에 군자란은
옹기종기 한더미로 꽃도 곱게 피었더니
아침 햇살 화사하니 꽃잎 하나 떨어지고
그 꽃잎 자국만 남고 잎만 무성하구나

어머니 구십 평생 고운 자태 어디 가고
아들딸들 하나하나 시집 장가 가고 없네
손자 손녀 보고 난 뒤 검은머리 사라지고
흰머리만 남았구나

두 발로 걷던 걸음 무릎걸음 변해 가고
듬성듬성 흰머리는 흐른 세월 말하는구나
베란다 군자란은 내년 되면 꽃 필 건데
어머니 흰머리는 언제 검은머리 될까
하고픈 말 너무 많아 한 말만 자꾸 하시고
사위 눈치 보랴 먹는 것도 조심스럽네

군자란 내린 뿌리 분양하니 다시 피고
어머니 내린 뿌리 증손자 증손녀도 있네
아들딸 자랑이 오로지 낙이구나
내 나이 들어 손녀 보니 어머니 맘 알 것 같고
어머니 그 이름은 언제 불러 봐도 정겹구나

그리움

정복희 49세

억수 같은 비가
콘크리트 냄새를 몰고 옵니다.

언제부터인지
기억은 나질 않지만
물 냄새가 나를 힘들게 합니다.

보이질 않고 들리지 않는 먼 곳에 있다 해도
내 가슴에
그리고 우리 가슴에 당신은 남겨져 있습니다.

묻어져 있는 그리움이
빗물처럼 눈물같이 흐릅니다.

행복하신가요.
그곳의 나날은 외롭지는 않은지요.

당신과 나와 우리의 인연을 매듭짓는 날
이 그리움이 삭아 내리겠지요.
조금만 기다리세요.

기억 속에 묻어 둔 엄마에게

김두리 61세

저 높은 하늘
내 나이 열아홉에 떠나 버린
사랑하는 우리 엄마
그리움이 커서 두려움이 될까 봐
긴 세월 애써 외면했던
엄마에 대한 기억을 꺼내어 본다.

동트기 전에 장사를 나갔던 엄마가
저녁 찬거리를 걱정하면서
밥 먹기 전에 돌아오겠노라 하며 나섰던 그 길이
마지막이 될 줄 꿈에도 몰랐다.
언제나처럼 장사할 물건을 머리에 이고 아침에 나섰는데
시퍼런 주검으로 돌아와 내 앞에 있을 줄 정말 몰랐다.

열아홉의 나는
엄마가 떠나갔다는 사실을 믿을 수가 없어서
살아서도 죽어서도 엄마와 함께 있을 것이라

목 놓아 울었지만
엄마는 영영 돌아오지 않았다.
엄마를 만지지 못할 줄 알았으면
엄마가 다리가 아프다며 힘들어 했을 때
엄마 다리를 주물러 줄걸 그랬다.

정말 엄마의 냄새를 맡지 못할 줄 알았으면
엄마의 저고리를 빨지 말걸 그랬다.
야윈 엄마가 “두리야 엄마 밥 더 먹어라.” 했을 때
내 배 채우려고 엄마의 밥을 더 먹지 말걸 그랬다.
바보 같은 나는
엄마가 영원히 나와 함께할 줄 알았다.

엄마가 보고 싶어서 서럽게 울고
세상살이가 고달파 엄마가 보고 싶어도
엄마가 그리워서 못 견딜까 봐 애써 외면했던
내가 이렇게 원망스러울 수가 없다.

예순이 넘은 지금

두려움보다는 이제야 엄마가 그리워서

추억 속에 묻어 둔 엄마를 꺼내어 본다.

엄마와 함께했던 그 시절이 미치도록 그립다.

아버지

한임순 59세

시골에 농사철이 끝나고 겨울이면 땔감으로 산에 나무를 해다가 차곡차곡 뒤안간*에 재어 두었다가 돈이 필요하면 팔기도 하고 또 날씨가 춥고 눈비가 오는 날에는 집에서 짚으로 가마니를 짜서 오일장 날에 팔기도 했다. 그때마다 우리 아버지는 천막을 친 간이 음식집에서 선지 국밥에다 막걸리 한 되를 잡수시고 오셨다. 우째 그래 맛있는지 그러시면서 장날이면 꼭 들르신다. 그때 아버지의 모습은 가장 기분이 좋고 행복해 보였다. 지금은 하늘나라에 계시는 아버지. 가끔은 선지국을 보면 그때 아버지가 그립습니다.

* 뒤안간 : 뒤뜰

아버지

윤미정 42세

한때 우리 집은 신발 가게를 하였다. 그날도 새 물건들이 진열장에 진열이 되었다. 그중에서 내 눈에 들어온 빨간 구두가 있었다. 아버지 귀에 대고, 나 저 신발 한 번만 신어 보면 안 될까? 옆에 계시던 엄마가 팔아야지 하며 소리쳤다. 그 소리에 눈물이 나서 우는 나에게 아버지께서는 빨간 구두를 내 발에 신겨 주시며 하시는 말씀이, 우리 딸이 신어서 예쁘면 다른 사람도 사겠지 하셨다.

3부
커피를 못 마시는 까닭

가난한 시절 이야기

이미숙 39세

어릴 적 우리 집은 너무나 가난했다.

쌀이 귀한 시절이라 죽을 자주 끓여 먹었다.

쌀은 한 줌만 넣고

고구마 야채 국수 이런 온갖 것을 넣고 끓이면

죽은 한 솥이 되었다.

부뚜막에 그릇그릇 퍼 놓고 나면

놀다가 와서 한 숟가락 먹고

나가서 놀다가 또 먹어도 금방 배가 고팠다.

하얀 쌀밥은 생일 때가 되어야 먹을 수 있었다.

하얀 쌀밥에 간장하고 먹어도 너무 맛이 좋았다.

학교 다닐 적에 점심을 못 싸 가서

물을 마시기도 하고

점심시간에 밖에 나가서 놀기도 했다.

중학교 시절에는 공납금이 밀려서

자퇴서를 쓰고 집에서 쉬었다.

살림을 도우면서 집에 있었다.

집에 있을 때 다슬기를 잡아서 팔기도 했다.

다슬기를 잡고 있으면
학교에서 돌아오는 애들이 지나간다.
창피해서 어디라도 숨고 싶었다.
가난한 시절이 있었기에
아껴 쓰는 습관이 몸에 밴 게 아닐까.
그 시절로 돌아가고 싶지는 않지만
가끔 그립기는 하다.

정지대학*

변정시 59세

어머니 어머니 나를 길러서
정지대학 보낼라고 나를 길러서
이기 싫은 물동이 머리에 이고
가기 싫은 정지대학 또 가게 하네

아버지 아버지 나를 길러서
지게대학 보낼라고 나를 길러서
지기 싫은 지게를 등에다 메고
가기 싫은 지게대학 또 가게 하네

* 누가 처음 지었는지는 알 수 없지만, 그때 현실을 담은 유행가인 듯하다. 아이들도 이
런 노래를 부르면서 학교에서 집까지 먼 길을 걸어 다니곤 했다.

산딸기

김동점 50세

고향 마을 뒷산에는 산딸기나무가 심어 놓은 것처럼 많았다. 소 먹이로 다니다 보면 딸나무 가시에 긁혀서 다리는 온통 상처투성이고 물에 씻을 때는 따가와 죽는 것 같았다. 모내기를 끝낼 무렵이면 딸이 한창 익는다. 친구들이랑 소 먹이로 가서 소는 산에 치 놓고 딸나무로 간다. 우리들은 딸나무에 붙어서 배가 차도록 실큰 따 먹다 보니 나중에는 목까지 찼는지 딸물이 꾸역꾸역 넘어오는 것 같았다. 그래도 남은 딸이 아까워서 거죽 옷을 하나 벗어 한쪽을 묶어서 거기다 따 담았다. 제법 묵직한 덩어리를 들고 소 몰로 다니다 보니 딸물은 줄줄 흘러서 지나온 뒤에는 풀잎이 빨갛게 물들어 있었고 우리들은 어둡기 전에 서둘러서 소를 몰고 집으로 왔다. 딸 보따리를 펴 보니 찌꺼기만 남아 있었다.

어린 시절 내 고향

유상예 54세

푸른 하늘빛 받아 온 들녘에
수놓아 버린 황금빛 알알
형형색색 들꽃이 피어 있었지

가시 속에 숨어 영글어 터진 알밤 땡감
동무들과 주워 먹으며 좋아라 했던 곳
뒷동산이 있었지

조카 업고 고무줄 뛰고
공치기했던 우리 집 마당
금이 줄줄 그어진 손등에 붉은 빛이 보여도
아랑곳하지 않고 땅따먹기했던
당산나무 밑이 있었지

장에 간 엄마 기다리며 동무들과
저기 울 엄마다
모두의 엄마가 되어 다가오면

실망하여 한자리에 앉아
한없이 기다리던 곳
바우깨가 있었지

뛰놀다 다치어 빨간 피가 줄줄 흐르면
뛰어가던 동무 집이 있었지
동무 엄마 놀라
된장 한 줌 붙여 동여매어 준
동무 집이 있었지

내 고향 산촌 그대론데
둘러봐도 둘러봐도
어버이 모습 보이지 않고
텅 빈 우리 집

삶의 무게 못 이겨
어리광 부리고 싶어 찾은 곳은

떼 덮인 어버이 집
옛적 어머니 모습 되어 술 한 잔 따라 놓고
나 거기 엎드려 있네
내 고향에

내 고향

박용임 61세

섬을 온통 집어삼킨 영종도 국제공항
살아가면서 맺은 그 숱한 인연도
흔적도 없이 사라져 간다.
너와 나의 청춘도
염전 둑 사이에 피었다 지는 해당화처럼
그렇게 저렇게 섬마을은
공항의 활주로로 변하고 있네.
내 핏줄이 흐르는 벌거숭이 섬
내 부모 형제들의 영혼이 있건만
어데로 흩어지나 그립기만 하구나.

살구

유선영 47세

우리 회사 앞에 살구나무가 여러 나무 있다.

지금 주황색으로 익어 가는 살구가

얼마나 탐스럽게 열려 있는지 모른다.

가지가 휘어질 정도로 주렁주렁 달렸다.

살구나무를 보고 있으면

어린 시절 할머니 생각이 난다.

할머니는 보리쌀 한 되를 가지고

이웃 동네에 있는 살구나무집으로 가서서

살구를 사다 주셨다.

보리쌀 한 되로 살구를 참 많이도 가져오셨다.

어린 시절 그 살구나무는 얼마나 큰지

큰 나무에선 살구가 주렁주렁 열렸다.

창피했습니다

김옥순 46세

땡! 땡! 땡~!

점심시간을 알리는 종소리가 들렸다.

자, 모두들 도시락을 책상 위에 올려.

도시락 검사 하는 날이다.

도망갈 수도 없고 그냥 앉아 있자니 창피만 당할 것 같고

고개를 숙이고 있는데

옆에 큰 무게가 느껴졌다.

도시락 책상 위에 올려.

화가 나신 것 같다.

눈에 눈물을 글썽이며 선생님 얼굴을 올려다보았다.

도시락 올려놓으라고 화를 내고 있었다.

하는 수 없이 도시락은 올렸는데

뚜껑을 열 수가 없었다.

머뭇거리고 있는데

선생님께서 잡아채듯 뚜껑을 열었다.

온 교실 안에 된장 냄새가 퍼져 나갔다.

어쩔 줄 몰라 하는 나를 보시고 한바탕 웃으셨다.

이런 좋은 건강식을 가져와서 혼자 먹으려고?

하시면서 거기에 한마디 더 붙이셨다.

내일은 상추도 함께 가져온나.

학교 다니던 시절

안옥재 59세

우리 아버지는 벼농사도 백 섬지기 하셨고 과수원 밭도 많았다. 시골에서 중학교 가는 길은 멀었다. 어머니는 새벽 네 시만 되면 밥을 지어서 도시락 두 개를 싸 주셨다. 집에서 다섯 시에 나와서 이 킬로를 걸어서 배를 타고 기차역에 도착하여 일곱 시 첫차를 타고 학교로 간다. 학교 수업을 마치고 마지막 기차를 타고 오면 저녁 아홉 시 삼십 분에 집에 도착한다. 학교 가는 길은 산 밑으로 어두운 신작로 길이다. 우리 동네 기차 통학생 중에 여자는 나 혼자뿐이다. 비가 올 때는 아버지께서 등불과 우산을 가지고 뱃머리까지 마중을 오신다. 얘야! 언자 오나 하시면서 등불을 비춰 주신다. 마중 오실 때마다 너무나 반갑고 고마워서 아버지! 부르며 눈에서 눈물이 흘렀다. 무섭고 어두운 신작로 길을 아버지와 함께 걸어갈 때 가장 행복했다.

우리 집 소

서계애 55세

너거 큰오래비 어디 갔노 오라 캐라. 내일 의령장에 가서 저놈의 소 팔고 다른 소 바꾸거라. 나는 아버지를 졸랐다. 아버지 암소로 사 주이소. 나도 소 믹이로 가고 싶어요. 친구들하고 가고 싶단 말입니다. 이너무 자슥 무슨 소를 믹이로 가노. 소꼬삐 잡고 소 뒤에서 상주 노릇 할라꼬. 야 이놈아 암소는 안 된다. 황소가 있어야 농사를 짓제.

타작

황윤정 62세

오늘 학교 못 간다.

아버지 말씀이 곧 법이다.

여느 때와 마찬가지로

책 보따리는 아궁이에 던져지고

나는 그 불꽃을 보면서 앙칼지게 울었다.

뭐 잘했다고 울긴 울어.

순간 부지깽이가 온몸을 때렸고

다급한 엄마의 음성!

맞아도 싸다.

거들며 등줄기를 확 잡아 가로채

도망갈 여유를 내게 줬지만

나는 오기가 생겨서 그냥 그대로 맞았다.

설마 죽기야 할라꼬.

그리운 내 친구

오석엽 59세

보고 싶은 내 친구야

친구야 너는 그곳에서 무얼 하고 있니?

나의 오랜 추억 속에 묻혀 있는 내 친구

유별나게 착했던 내 친구

결국엔 국민학교 졸업식 며칠을 못 기다리고

영양실조라는 병명을 달고

친구 어머니 말씀

"엄마, 나 꽃신 신고 싶어요."

하고 떠나갔다던 내 친구

보고 싶구나.

이불

정현숙 52세

내 어릴 적엔
왜 그렇게 가난하던지
마치 흥부네 가족처럼
이불 하나에 온 가족이 의지하여
끌고 당기고 하면서 밤을 새웠다.

그 때문일까
나는 이불 욕심이 많다.
한 번도 덮지 않은 새 이불이
몇 년째 장롱을 차지하고 있다.

그런데 이불 하나에
온 가족이 살 맞대고 지냈던 그때가
아픔이요 추억인 것은
정 때문일까?
상처 때문일까?
알다가도 모를 일이다.

제삿밥

석청안 65세

유난히 여름철에만 제사가 많았던 우리 집. 그때 어느 여름 날 밤 수저 소리가 달가닥달가닥 꿈결같이 귓전을 스쳐 갔다. 자는 애 깨우지 말고 잠자구로 놔둬라 하시는 어머니의 목소리는 더욱 또렷이 들려왔다. 그날 밤이 우리 집 입제일이었는데 제사가 끝나면 온 가족이 둘러앉아서 나물과 탕국에 밥을 척척 비벼서 자반 고기하고 먹을 거라고 누워서 기다리다가 그만 깜박 잠이 들고 말았지. 그런데 식구들이 맛있게 먹는 소리에 잠이 깨어 구미는 점점 당겨 왔지만 차마 일어날 수가 없었다. 나는 이리저리 뒤척거리면서 억지로 잠을 자야 했던 제삿밥의 추억을 잊을 수가 없다.

도회지와 직장

김순자 48세

나는 농촌이 싫었다.

도회지로 나가고 싶었다.

농촌에서 한 번도 나가 본 적이 없던 나는

막상 나가려고 하니 겁도 났다.

어머니께 나도 다른 친구처럼

공장에라도 갈 거라고 여쭸더니

노발대발 큰소리로 야단을 치셨다.

항상 마음 한구석엔 도회지로 나가서

회사에 다니면서 하고 싶은 공부도 하고

피부도 하얗게 만들고 싶었다.

내가 가고 싶은 도회지는 끝내 나가지 못하고

여태까지 살면서 직장이라는 것을

가져 보지 못했다.

커피를 못 마시는 까닭

김영숙 41세

애들이 고등학교 진학 상담을 했지만
나는 돈 버는 게 급선무라 생각했다.
엄마, 부산에 일하면서 공부할 수 있는 데가 있대
친구랑 내일 배 타고 갈 거니까
어디 가서 삼만 원만 빌려다 줘.

엄마와 눈이 마주치니 눈물이 뚝뚝 떨어졌다.
'걱정하지 마요. 잘하고 올게.'
빚쟁이들이 찾아오는 집을 벗어난다고 생각하니
그것만으로도 새로운 세상이 열리는 것 같았다.

태광산업 반여공장 방적2과 인사과 B반에 배정되었다.
화장실 갈 때 빼고는 열두 시간 내내 서서 타래를 만들었다.
계속해서 실에 베이는 손가락이 너무 아프고 쓰리다.
일주일이 넘어서야 팔다리가 제 감각을 찾았다.

C반 한 학생이 졸다가

검지손가락이 기계 속으로 딸려 들어갔다는
소리를 듣고 겁이 나고 무서웠다.
정신 바짝 차려야겠다.
언니들이 졸면 커피를 가루째 입에 털어 넣고 물을 마셨다.

돈 모아서 엄마 빚 갚아 드릴려고
조장한테 잔업하게 해 달라고 했다.
먼지 때문에 눈곱을 떼게 만들고
숨 쉴 때마다 콧속으로 들어가는 솜이
퇴근할 즈음이면 머리와 얼굴, 온몸에 쌓인다.

반여동에서 당감동까지 등하교 길에
운 좋으면 스쿨 버스에 앉아 눈 감으며 갈 수 있다.
기숙사로 들어가는 밤길에
가정집에서 나오는 따스한 불빛을 볼 때마다
더욱더 엄마가 보고 싶고 집으로 돌아가고 싶어진다.

줄 서는 시간을 낭비하지 않으려고
남보다 먼저 일어나고
미리미리 준비하고 뛰어다녔다.

시간 절약하려고 밥도 안 먹고
한 개에 오십 원 하는 핫도그도 돈 아끼느라 꾹꾹 참고
사고 싶은 옷도 안 사고

어금니가 없어 밥도 잘 못 먹고
돈 아끼려고 쇠 보철로 해 넣은 앞니가 부끄러워
입 벌리고 웃어 본 일이 없다.

ABC 세 개 조로 일주일마다 교대하다 보니
자는 시간과 먹는 시간이 불규칙해서
시간이 갈수록 등이 굽어지고
기관지염 관절염 위궤양까지 심해져 갔다.

올라올 때는 다섯 명이었는데
너무 힘들어서
포기하고 다 돌아간단다.
지옥 같지만
목표한 대로 삼 년만 참자 삼 년만

나중에야 알았다
고등학교인데 인가가 나지 않는다는 것을.
졸업이 아니고 수료란다.

학교에서는 삼 년 동안 총무 한 덕에 간부 장학금을 받고
공장에서는 윗분들에게 잘 보여 A 보너스를 받았다.
재형저축으로 모은 돈을
큰언니도 빌려 주고 엄마한테 빚 갚으라고 다 드렸다.

졸지 않으려고 커피를 가루째 억지로 먹었던 탓일까.
그 후로 지금까지 커피 냄새를 맡기만 해도 어지럽다.

입에도 대기 싫다.

약속 잡을 때 흔히 쓰는

"커피 한잔 마시자." 하는 말을 해 본 적이 없다.

이사 가시는 날

김애선 62세

내 나이가 들면서
문득문득 생각나는 한 장면
사진 한 판 찍은 듯한
한 장의 사진처럼
먼 옛날이 생각이 난다.

그때가 초등학교 5학년인가 6학년인가?
옆집 할머니
아들 등에 업혀서 이사 가시는 날
마당 한복판 아들 등에 업혀서
마당을 둘러보신다.
정들으셨나 보다.

아니라 떠나시길 슬퍼하시는 것 같다.
그리고 나를 보신다.
손을 내미신다.
고맙다 고마워 잘 있어라.

작별 인사는 슬퍼 보였다.

그리고 나도 슬펐다.

할머니께서 슬프니 나도 슬펐다.

두 무릎 짚고 걸어서

수돗가로 세수하러 나오시는 할머니

일어나시기도 힘들어

내가 세숫물 떠 드렸다.

맏딸인 나는 집안일하다 보니

날마다 수돗가에서 할머니를 만난다.

말씀하시지 않아도

세숫물 양칫물 내가 떠 드린다.

할머니는 늙어 서럽고 나는 어려 서럽고

그래서 슬픈 눈물로 작별 인사 하시는가 보다.

이제는 내가

그 할머니 나이가 되어 가고 있다.

교복

백금숙 43세

초등학교 4학년 어느 날 오후
뒷집에 사는 홍난 언니와
옆집에 사는 진숙이 언니가
사이좋게 마주 서서 이야기를 하고 있었다.
여고 교복을 입고 있는데
눈이 부셨다.
후리아 치마에 하얀 칼라
나도 빨리 커서 입고 싶다 생각했다.
당연히 그렇게 될 줄 알았다.
세월이 흘러 내 딸이
그 교복을 입었다.
후리아 치마에 하얀 칼라

양말 공장

남명덕 59세

국민학교를 졸업하고
교통부 양말 공장에 회사 구하러 다녔다.
여덟 시 일을 시작하는데
집에서 여덟 시 맞추어서 도시락 싸 주면서 가란다.
집은 영주동인데 전차 타고 가면 사십 분 정도 걸린다.
십오 분 정도 걸어 올라가면 숨이 차다.
미안해서 문을 살짝 열고 들어가면
야 니는 대통령이가? 대통령도 시간 지킨다.
죄송합니다.
앉아서 열심히 실을 감는다.
시간은 잘도 흐른다.

딱! 한 숟가락만

차원숙 56세

엄마가 볼일 보려 나가시면 얼른 정지에 가서 숟가락 갖고 마루청에 의자 놓고 올라서서 선반 위에 꿀단지 내려서 딱 한 숟가락만 먹으면 엄마가 모를 거야 더도 말고 딱 한 숟가락만 먹고 올려놓고 조금 있으면 또 먹고 싶어 또 딱 한 번만 하루에도 몇 번씩을 먹으면서도 먹을 때는 한 숟가락만 어릴 때 생각에 한 숟가락만 먹으면 엄마가 모를 것 같았는데 지금 생각하니 꿀 때문에 혼난 기억은 없고 달콤했던 딱 한 숟가락의 기막힌 맛은 지금도 생생히 기억난다.

마지막 이사가 되었으면

4월이 되면

김미애 40세

4월이 되면 연분홍빛 연산홍이

얌전히 고개를 들어 오가는 이들을 반깁니다.

자기가 얼마나 아름다운지 알까요?

모를 것 같아 조용히 다가가

눈빛으로 마음으로 속삭였습니다.

너 참 아름답구나.

까치고개

김경숙 54세

삼 년 전 쓰라린 마음으로

이곳에서 일 년만 살고 나가야지 하고

이사를 왔다.

다닥다닥 집들이 붙어 있는

시골스런 동네

고3이던 아들은 놀라고

중3이던 딸아이는 시골스럽다며 좋아라 했다.

마음 한켠 아려 오던 미안함이

딸아이의 한마디에 위안을 얻었다.

그래도 이 가치*고개는

봄이면 벚꽃이랑 개나리

앞뒤 산에 흐드러지게 피고

그동안 삶에 쫓겨

피고 지는 꽃조차 느끼지 못하고 살았는데

이제는 이 가치고개에서

봄을 가슴 가득 느끼며 살아간다.

언젠가는 꿈에 그리는

바다가 보이는 내 집을 찾아갈 날이 오겠지.

* 가치 : 까치의 옛말

시장에서

배영자 50세

빈 가방을 메고 버스를 탔다.
흔들거리는 버스 안에서 잠도 서서히 깬다.
얼마 가지 않아 내렸다.
새벽 시장이다.

입맛 없는 여름철 아이들이 생각나
열무 세 단 샀다.
그리고 뭘 살까?
뭘 살지 계획도 없지만
그냥 시장에 온다.

한 소쿠리 주이소.
막내딸이 좋아하는 참외다.
"곱고 점잖하이 참 예쁘지만
아지매도 많이 늙었네요."

이십 년도 넘게 다닌 시장이다.

과일 장수 아저씨도 나물 파는 할머니도 나도
그 세월을 함께 보아 가며 늙었다.
인사도 안부도 묻진 않지만
시장에서 볼 수 있으면 다 무사한 거다.

세월 따라 늙어야지요, 많이 파이소.

커피 한 잔

남정임 40세

길가 커피 자판기에서 커피 한 잔을 뽑았다.

향긋하고 진한 커피

기뻐할 그분 얼굴이 떠오른다.

일주일에 한 번 가는 집

좁고 가파른 계단을 두어 번 지나면

옥상이 나오고 회색빛 강아지 두 마리가

꼬리를 흔들며 방문에서 뛰쳐나온다.

어머니, 봉생복지관에서 나온 아줌맙니다.

방문 앞에 서면 번들거리는 회색 가구와

미풍으로 돌고 있는 선풍기

자리에 누우신 어르신은

영원히 눈을 감고 있을 것처럼 누워 계신다.

안녕하세요?

눈을 뜨고 한참을 보고서야 작은 미소가 번지며

어서 와.

커피 드세요.

이번엔 더욱 기쁜 얼굴을 하신다.

삼십 원이지?

몸을 지탱하기 힘든 팔은 내 몸을 기둥 삼아

난 손목에 힘을 주어 안는 듯이 일으켰다.

죄송한 마음이 든다.

커피 한 잔을 마시기 위해서

온 힘을 다 모으고 기대앉는 것이다.

예전에 군인이셨다.

여군! 얼마나 당당한 모습이셨을까.

아마 키도 크고 덩치도 큰

좋고 싫음이 분명한 여군이었을 것이다.

일그러져 있던 얼굴은 다시 평온을 되찾아서

참으로 귀하게 커피 한 잔을 마신다.

독거노인

남정임 40세

손으로 따뜻한 자리를 가리키며

여기에 앉아.

손가락 두 개는 어디서 잃었을까.

어느새 강아지가 내 옆자리를 차지하고 있다.

뽀뽀야가 자네만 오면 그 옆에 앉으려고 해.

강아지 눈에도 슬픔이 가득하다.

주인을 닮아 있다.

담배를 한 대 피우신다.

약을 먹은 지 십 년째야.

계단을 굴렀어.

굵은 팔뚝을 내밀며, 가죽만 남았어.

회색 배를 내보이며, 가죽만 남았어.

어제 꿈에 죽은 부모와 친한 이들이 보여.

귀를 만지면서, 우우웅 우우웅 소리가 나.

이를 내밀면서, 흔들리지 만져 봐.

이제 떠나고 싶어.

이제 떠나고 싶어.

다시 얼굴이 일그러지셨다.

가슴을 만지신다.

아픔이 폐 쪽으로 몰려오나 보다.

병원에 입원하셔야죠?

싫어, 죽으면 얼마나 좋아.

난 해 줄 말이 없다.

그냥 들어 주고 반응해 주고 안타까워해 줄 뿐이다.

그분은 가족 이야기를 싫어하신다.

강아지와 대화할 때

커피를 마실 때

군 시절 이야기를 하신다.

내 이야기를 하면 아주 작은 미소를 볼 수 있다.

다시 자리에 누울 때쯤

이제 갈게요. 다음에 또 올게요.

고마워.

계단 조심해.

방문을 나서면 삼 층 마당이 눈부시다.

밖은 여전히 아름답다.

강아지 두 마리 마루에 서서 꼬리를 흔든다.

강아지도 주인을 닮아 슬픈 표정을 짓고 있다.

이사 가던 날

구필순 57세

오늘이 이사하는 날
이십사 년 만에 이사를 간다.
자그마한 아파트로 이사를 간다.
묵은 짐은 절반을 버리고 간다.
사랑하는 사람도 하늘나라에 보내고
이사를 간다.
아름답던 추억도 몽땅 버리고
이사를 간다.

빈터에서 희망을

박필애 44세

재건축 개발지로 진행 중인 곳

지지난해 여름엔

이사 가며 버리고 간 쓰레기 더미에서 나온

모기떼들 극성에 잠을 못 이루었다.

건물 철거 때에는 뚜두둑 뚜두둑 굴착기 한 방 한 방에

힘없이 무너져 내린 건물 속에서

쏟아져 나온 폐가구 가전제품들에 마음이 씁쓸하기도 했다.

여러 분리 작업 끝에 반듯하게 생겨난 빈터

지난 여름밤 더위를 피해

밤늦은 시간까지 사그락사그락 소리와 함께

제각기 주민들 취향에 따라 네모 세모 동그라미

심지어는 발자국 모양 텃밭까지 생겨났다.

지금 그곳에는 고추 상추 가지 호박 방울토마토

많은 채소들이 주민들의 사랑을 듬뿍 받으며 쑥쑥 자라고

있다.

텃밭을 가꾸시는 아주머니 따라 나온 누렁이는

나풀거리는 나비와 함께 덩달아 신이 나고

아주머니 손끝에선 건강하고 행복한 시간들이 일구어지고
있다.
고유가 고물가 시대에
언제 공사가 진행될지 모르는 빈터 텃밭
자라나는 푸른 채소에서
잠시나마 건강하고 행복한 희망을 본다.

쑥국

정경자 47세

길을 걷는데 개나리가 보였다.

개나리에 눈길이 머물다 그 밑을 보니

파란 쑥이 수북이 돋아 있다.

걸음을 멈추고 손으로 쑥을 뜯었다.

뜯은 쑥이 한 손에 가득하다.

가던 길을 돌아 집으로 왔다.

깨끗이 다듬어 씻고

된장을 풀어 굴과 쑥을 넣어 쑥국을 끓였다.

맛과 향이 정말 좋았다.

봄의 향기가 코끝에 머문다.

비가 온다

이명자 51세

나는 비가 참 좋다.

우리 아들은 구질구질한 비가 왜 좋냐고 묻는다.

아들이 어떻게 내 마음을 알 것인가.

언제나 바쁘게 살아온 나는

비가 오는 날은 쉴 수가 있었다.

낮잠을 잘 수 있고

창밖을 내다보며 추억에 잠길 수도 있고

몸도 마음도 쉴 수가 있으니 비가 오면 행복했다.

지금도 비가 오면 행복해진다.

신호등이 없는 길을 골라 그냥 걷는다.

굵은 빗방울이 떨어지는 바닷가를 좋아한다.

아무도 없는 조용한 법당에 홀로 앉아

내리는 비를 바라보고 있으면 그곳이 극락이다.

이웃사촌

여을순 60세

우리 어머니는 연세가 여든 살 되시고 옆집 아지매는 여든 아홉 살 되십니다. 두 분이 밭농사랑 논농사를 손수 지으시며 하루도 쉬지 않고 일을 하십니다. 시골에는 아침에 하는 일이 한나절 일이라며 새벽 네 시경부터 두 분은 일찍 일어나십니다. 두 분이 육십 년 넘도록 아래윗집 살면서 자녀를 키우며 서로 다툼 한번 없이 지내시는 것을 보면 너무 존경스럽습니다. 만나시기만 하면 농담 삼아 하시는 말씀이 우리 어머니가 옆집 아지매를 보고 월평셍이가 먼저 가면 나도 같이 데려가 하십니다. 그러면 니 미쳤나 내가 아홉 살이나 더 묵었는데 안 된다 니는 십 년은 더 살다 와야지 하십니다. 그러면 우리 어머니는 혼자 가면 무섭고 둘이 같이 가면 외롭지 않지 하시며 웃으십니다. 그리고 하시는 말씀이 항상 월평셍이가 친정엄마 같고 꼭 셍이처럼 일이 있으면 거들어 주어서 한평생 잘 살았지 하십니다. 아지매도 하시는 말씀 밤에 느그 엄마가 어디 가고 불이 꺼져 있으면 어쩐지 맘이 허전하고 이상하다 하십니다. 두 분이 정다운 농담을 주고받으며 웃으시는 모습을 보면 끈끈한 정이 느껴집니다.

벚꽃

박정순 70세

우리 집 앞마당에 벚꽃이 피었구나
분홍색 꽃망울이 하얗게 활짝 폈네
눈송이 흩날리듯 예쁘게 떨어지네
먼 훗날 내 모습도 너처럼 피었다가
고운 님 찾아가면 반갑게 맞아 줄까

같이 일하는 언니의 눈물

박명희 45세

초등학교에서 음식 만드는 일을 하다 보면

생각해 보아야 할 여러 가지 일들이 많이 생긴다.

흑흑, 언니가 울고 있다.

놀래라. 갑자기 와 우노?

속상해서 운다.

아니 왜?

2학년 샘이 젓가락에 정구지찌짐*을 들고 와서는

싱겁다고 나한테 들이대면서

아니 이 음식 누가 했습니까? 하면서 화를 안 내나.

나보다 한참 나이도 아래면서

기본도 모르고 일하는 것 같다고 안 하나.

아니 언니, 그런 말 처음 듣나? 그치라.

속상하지만 웃어 넘겨야지 어쩌겠노 언니.

그건 그렇지만 오늘따라 왜 이리 속상한지 모르겠다.

오늘 내가 얼굴이 익을 정도로 정구지찌짐 구워 가지고

기본도 모른다는 말이 왜 이렇게 서러운지 모르겠다.

이럴 때 우리는 그냥 지켜보는 수밖에 없다.

서너 시간이 흐른 뒤 기분이 풀어진 언니는
야 근데 싱겁긴 싱거운 거 같다고 픽 웃는다.
그래도 그렇지 하하하
그 순간 우리는 한 나무의 가지들이었다.
오늘 내가 한 말 중에
누군가에게 상처가 되는 말을 하지 않았는지
되돌아보는 귀중한 시간이다.

* 정구지찌짐 : 부추전

노 대통령의 죽음을 바라보며

박명희 45세

살다 보면 죽고 싶은 순간도 있지만

어찌 그리하셨는지요.

모든 것을 놓아 버리고

죽음으로 지키려 하셨던 것이 무엇입니까.

얼마나 답답하셨으면

그 굴곡 많은 세월을 잘 살아오시더니

아직도 텔레비전에 밀짚모자 쓴 모습이

눈에 선한데

참 슬픕니다.

혹 시대를 원망하거나

사람을 원망하지는 않으시는지요.

모든 걸 용서하고 가셨으면 합니다.

언제나 힘들고 가난한 사람들의 친구로

약자 편에 서고자 애썼던

마음 따뜻한 대통령으로 기억하겠습니다.

텃밭에 앉아서

박명숙 62세

풀 매던 호미 잠시 놓고
목이 말라 참외 한 개를 깎고 있는데
저만치 까치 한 마리 사뿐 앉더니
꼬리를 까딱까딱 까 까 까아
나도 좀 줘 하더니 금방 날아가 버린다
지 눈에도 노란색이 보이나
가만있으면 한 쪽 줄 건데
참외 한 입 아삭
아! 달콤한 이 맛
꽃나비들이 앉은 듯
저 자귀꽃은 또 언제 피었나
노오란 방울도마도 꽃도 너무 이쁘게 피었네
아! 여기가 바로 천국이구나

고래고기 삼만 원

강지은 62세

늦은 오후 남편이랑 자갈치시장에 갔다.

이곳저곳 기웃거리며 구경을 했다.

이리 오소 야아.

여기로 오이소.

언제 봤는지 아줌씨들께서 우리를 반긴다.

머뭇거리다 들어선 가게 고래고기집

얼마얼마짜리 있습니까?

내 말이 떨어지기가 무섭게

백이십 그램은 삼만 원이고 둘이면 오만 원짜리 드시이소.

공짜라도 주듯이 먹으라고 권한다.

생각도 없이 남편은 소주 한 병이랑 주세요 답했다.

내 머리에 맴도는 백이십 그램 삼만 원

박차고 일어나고 싶다.

어느새 고래고기가 나왔다.

반눈에도 안 차는 고래고기 삼만 원짜리가.

고기 맛 멀리 도망가고 소주만 한 잔 꿀꺽

먹으라고 권하는 남편이 미웁기만 했다.

내 생에 고래고기는 오늘로써 끝이란 말을
입속에서 수없이 중얼중얼거렸다.
고래고기 삼만 원 고래고기 삼만 원

마지막 이사가 되었으면

임분임 63세

세 얻어서 이사가 시작되었다.

얼마 살지 못하고 이 동네 저 동네 전전하였다.

하는 일이 잘 안되다 보니

이사를 자주 다닐 수밖에 없었다.

너무나 지겹다.

서른 번까지는 기억을 더듬어 세었다.

기억하기도 싫다.

버리자니 소중한 이삿짐

짐을 챙기자니 내가 죽어야 이사를 안 하지

불이라도 나서 확 타 버리면

가져갈 것 없어서 안 가지고 가지

너무나 지겹다.

정말 언제 마지막 이사가 될까.

석양

문명숙 53세

창 너머 아랫집
화분들이 푸르릅니다.
애지중지 돌보던 노란밥풀꽃, 영랑의 모란이
올해도 피었습니다.
티끌 하나 없던 좁은 마당은
벌써 낙엽들이 뒹굴고
골목길엔 쓰레기들이 널려 있습니다.
우체통 편지까지도 말끔히 치우시던 할머니
덩치 큰 아들이 대문에 못질하고
요양원으로 모셔 가던 날
할머니의 슬픈 눈동자는
축 처진 이파리 사이로 어른거립니다.
바람이 불고 비가 내렸습니다.
오늘도 화분은 푸르릅니다.
망각의 늪을 헤매고 계실 할머니
석양빛은 저리도 고운데
어느 그리운 시절로 여행을 다니시는지요?

까치의 마음

하정애 61세

마른 가지 떨어지는 소리, 쳐다보니 검정 옷에 하얀 줄무늬 털옷 입은 까치 한 마리가 집을 짓고 있네. 죽은 가지만 골라 입으로 집을 짓는 까치. 고것 참 가상하구나. 집이 낮으면 겨울이 따뜻하고 집이 높으면 올겨울이 추워지는구나. 그러나 하루도 몇 차례씩 집을 짓다 허무는 그 마음은 무엇일까. 알기나 할까. 우리 한 수 위에 높은 곳에서 살고 있으니. 아침에 집에서 까치가 노래하면 반가운 손님이 오신대. 기쁜 소식도 전하고, 전생에 사람하고 사촌인가. 따뜻하게 올겨울을 잘 보내렴. 응.

가을

하정애 61세

햇빛 노랗게 부서지는 앞산 뒷산 울긋불긋

노란 은행잎 길

노부부 한 쌍이 그림처럼 간다.

수족 못 쓰는 할머니 휠체어에 앉히고

할아버지 조용조용 금빛 길을 걷는다.

꽃 같았던 시절은 찾아볼 수 없이

떨어지는 은행잎 같은 아내

인생은 화려했을까

오늘처럼 행복했을까

가을은 깊어 가는 노란 황금 은행잎

노부부가 그림처럼 간다.

돈나물 김치

안혜영 56세

잠시 앞산에 올라가서

돈나물*을 뜯어 왔다.

아들이 좋아하는 국물김치 담아 주려고

돈나물 국물김치는 풋마늘이 있어야

제맛이 나는데

금남시장에 풋마늘을 사러 갔다.

풋마늘은 보이지 않고

깐마늘과 마늘쫑만 보인다.

서울에는 와 풋마늘이 없어예? 부산에는 있는데.

그럼 부산에 가서 사세요.

마늘쫑이 나왔는데 풋마늘이 아직도 있나.

네 네 그래요. 그럼 마늘쫑하고 미나리 좀 주이소.

어쩔 수 없이 마늘쫑과 미나리로 대신해서

국물김치를 담았다.

* 돈나물 : 돌나물

하루

안혜영 56세

하루가 이틀 되고
이틀이 사흘 되고
정말 잘 간다.
어영부영 7월이고
어허둥둥 8월이라 했던가
눈 깜짝할 새 반년이
훌쩍 지났네.
7월하고 1일 오늘 하루도
벌써 반나절이 흘렀다.

내 탓이다

문명숙 53세

따르릉 알람 소리

천근만근 몸뚱아리

세상에서 가장 무거운 눈꺼풀

물만 바르고

계란 후라이에 야구르트를 서서 넘긴다.

치약 냄새만 풍기고

손을 흔들며 일터로 나갔다.

힘 좋은 날들을 베짱이처럼 보내고

개미가 되어 보려 하지만

무거운 짐은 이 땡볕에 더 부풀고

흰 머리카락은 햇빛에 더욱 빛난다.

젊은 날을 내 탓 아닌 당신 탓이라고

애들 때문에 산다고

최선을 다한 삶을 살지 못한 탓에

이 햇빛 좋은 날

어느 시인의 시 한 구절이

가슴을 엔다.

"모든 순간이 다아 꽃봉오리인 것을

내 열심에 따라 피어날 꽃봉오리인 것을."*

* 정현종 시 '모든 순간이 꽃봉오리인 것을'에 나오는 구절

찔레꽃

엄명자 55세

도심 녹색 철담장에 기대어 무수한 진초록 잎사귀 사이사이에 하얀색 작은 꽃이 소롯이 피었습니다. 염색 머리 밑둥이 희끗희끗한 여자가 바라다봅니다. 황금술을 가운데 두고 얇뜨레한 홑꽃잎 다섯 장 다소곳이 마주 보고 웃습니다.

물기 자작한 산기슭에 초록 이파리 하얀 꽃이 다복하게 무리를 이루어 피었습니다. 까만 단발머리 어린 여자애가 주위를 맴돌며 순을 찾고 있습니다. 등에는 저만 한 아기가 발갛게 달궈진 얼굴을 옆으로 떨군 채 잠들어 있습니다. 아기의 엉덩이를 받치고 몸통을 감은 띠개비*는 어린 여자애의 양쪽 어깨 위를 지나 옆으로 꼭 동여매여 있습니다.

보이지 않는 산딸배기밭에 엄마가 있습니다. 밝은 수건으로 햇볕을 거란* 엄마가 밭이랑 사이로 희끗합니다.

* 띠개비 : 포대기를 묶는 끈
* 거란 : 가린

좋아

하선심 60세

학교가 좋으니 선생님이 좋아
교우들이 더 좋아

아들이 좋으니 며느리가 좋아
손자 손녀가 더 좋아

방귀

변정시 59세

얌체 없는 놈

아무 앞에서나 뿌웅

오랜만에 오신 사돈들 앞에서도 뿌우웅

문 잇발이 앙금이 없나 보다.

참으려고 하면 더 앙살스럽게

잊어버리면 순간 힘없이 뿌웅

신혼 초 생각하면 지금도 얼굴이 화끈 달아오른다.

밥상을 들고 아버님 앞에 놓으려는 순간

이 얌체가 나오려고 하지 않는가.

상을 들고 나올 수도 없고

어찌 참으며 살포시 밥상을 내려놓는데

뽀오옹 야무지게 소릴 내질 않는가.

어찌나 민망한지

그때 아버님의 표정은 지금도 잊을 수가 없다.

이젠 이 얌체가 며칠 거르면 오히려 이상하다.

그래도 냄새는 풍기지 않으니

좀 봐줄 수 있는 얌체인 것 같다.

콩밭에서

빈말엽 56세

올해 처음으로 심은 콩밭
콩밭을 매기란 보통 힘든 일이 아니다.
콩이 자라서 콩밭 속에 앉으면 숨이 막힐 지경이다.
얼굴은 막걸리 한잔 마신 것처럼 홍옥 사과 같다.
엉덩이는 땀띠가 쏙쏙 따갑게 쏜다.
일을 마치고 일어서니
허리는 꼬부랑 할머니 허리가 된다.

하지만 올가을 이 콩으로 메주 만들 것을 생각하니
입가에 웃음이 돈다.
내가 심은 콩으로 메주를 만들어 간장 된장 담아서
우리 딸들과 나누어 먹어야지.
벌써부터 가슴이 벅차오른다.
이런 생각을 하니
힘들었던 모든 일들이 보람의 한덩어리로 변하였다.

봉선사에서

임금임 64세

울긋불긋 단풍잎 눈이 부시네

꼬랑* 안쪽으론 극락세계

꼬랑 밖엔 사바세계

각자 사는 것이 다르구나

* 꼬랑 : 도랑. 좁고 작은 개울.

반찬 투정

박종금 55세

점심 약속이 있어서
남편 점심을 차려 주지 못하고
딸한테 부탁하고 나왔다.
점심을 먹으려고 하는데
메시지가 왔다.
엄마 완전 짜증난다
아빠 또 반찬 투정하고 난리다.
간 큰 남편
언제쯤 철이 들는지.

종부(宗婦)

박영옥 61세

이 말 자체가 내겐 너무 버겁다.

평생 그 자리에 매여 틀에 박힌 일상들

내 나이 육십

평생을 노심초사 종부의 테두리에 묶여

뒤돌아볼 새 없이 앞만 보고 달리다

어느 날 문득

마지막 언덕에 올라 뒤돌아보니

나 자신은 없고 종부만 서 있더라.

이제 조금은 벗어나려 발버둥을 쳐 본다.

힘든 자리 며느리에게만은

내 자리 그냥 물려주지 않으려고

반기를 들어 본다.

새해 첫날 올해 처음으로

우리 가족끼리 새해를 맞이해 보았다.

평생 그렇게 살아오다 보니

그래도 수고했다며 내 편을 들어 준다.

평생 명절만 되면

힘들게 그 많은 제꾼들 뒷바라지하느라
눈코 뜰 새 없이 보냈다.

아직 종가의 틀에서 벗어나진 않았지만
많이 바뀐 관행들
이제 마음의 여유를 가져 본다.
노후에 배우면서 베풀면서
아름답게 살고 싶은 마음
이루어지길 기원해 본다.

그네

마은희 52세

운동장 한 곁에
저 혼자 뛰는 그네
누가 뛰었길래
여지껏 흔들리고 있는가

그곳에 그네는
아직 흔들리고 있을까?
그네는 멈추었는데
나 홀로 흔들리고 있구나

추석

김복숙 58세

며칠 있으면 추석
나 혼자의 세상이라면
명절이 없었으면 좋겠다.
나이가 들어 갈수록 외로운 세상
잡을 수도 없고 멈추지 않는 세월
이번 추석은 무엇으로 마음을 달랠까.
가만히 있어도 그냥 지나겠지만
이번 추석은 유난히 서글픔이 몰아친다.

봄비에 꽃이 피듯 시가 피어났다

구자행

한 달에 두 번 학교에 오는데 5월은 중간고사 하루, 봄 소풍 하루 해서 한 달이 훌쩍 지나가 버렸다. 6월 들면서 시 쓰기를 할 생각으로 한 시간 시 맛보기 공부부터 했다. 《버림받은 성적표》(고등학생 81명 글, 구자행 엮음) 시집에서 다섯 편을 골랐다. '학원 수업 마치고' '울 엄마' '폐품 모으시는 할머니' '돈' '외국인 노동자'.

시 다섯 편을 복사해서 나누어 주고, 한 분씩 돌아가며 읽었다. 조용한 교실에 시 읽는 소리가 낭랑하게 울린다. 어떤 분은 잔뜩 감정을 넣어 읽다가 호흡이 맞지 않아 웃음을 터뜨리기도 했다. 모두 그 옛날 어린 여고 시절로 돌아가 계신 듯하다. 한 편 한 편 읽을 때마다 "아이구!" "그러키!" 하시면서 마치 자기 일처럼 안타까워한다. 자식 키워 본 어머니 마음이라 아이들 시 속에 쉽게 빠져드는 것 같다. 다 읽고 나서는 어느 시가 가장 자기 마음에 와 닿는지, 그 시 어디에 마음이 끌렸는지, 한 사람씩 말해 보시라 했다.

186

첫해는 방송통신고 공부가 처음이라 이렇게 아이들이 쓴 시로만
맛보기 공부를 했지만, 그다음 해부터는 지난해 엮은 방송통신고 문
집에서도 골랐다. 아이들이 쓴 시도 좋지만, 아무도 몰라주는 자신들
처지가 담긴 시만큼 절실하겠는가.

시를 읽고 감상을 써 보게 하는 것도 시 맛보기 공부로 참 좋다. 가
슴 쩌릿한 시를 읽고도, 말을 하라면 무슨 말을 해야 할지 머뭇머뭇
하고 마는 수가 허다하다. 한다는 말이 "감동입니다." 하고 만다. 짧
게라도 글을 쓰게 하면 좀 다르다. 제 삶과 겹쳐지는 이야기도 쉽게
붙잡게 되고, 시 쓴 사람 마음도 헤아리게 된다.

이미숙 학우가 쓴 시 '가난한 시절 이야기'를 같이 읽었다. 읽고 나
서 잠깐 시간을 드리고 감상을 글로 써 보시라 했다.

가난한 시절 이야기
이미숙 39세

어릴 적 우리 집은 너무나 가난했다.

쌀이 귀한 시절이라 죽을 자주 끓여 먹었다.

쌀은 한 줌만 넣고

고구마 야채 국수 이런 온갖 것을 넣고 끓이면

죽은 한 솥이 되었다.

부뚜막에 그릇그릇 퍼 놓고 나면

놀다가 와서 한 숟가락 먹고

나가서 놀다가 또 먹어도 금방 배가 고팠다.

하얀 쌀밥은 생일 때가 되어야 먹을 수 있었다.

하얀 쌀밥에 간장하고 먹어도 너무 맛이 좋았다.

학교 다닐 적에 점심을 못 싸 가서

물을 마시기도 하고

점심시간에 밖에 나가서 놀기도 했다.

중학교 시절에는 공납금이 밀려서

자퇴서를 쓰고 집에서 쉬었다.

살림을 도우면서 집에 있었다.

집에 있을 때 다슬기를 잡아서 팔기도 했다.

다슬기를 잡고 있으면

학교에서 돌아오는 애들이 지나간다.

창피해서 어디라도 숨고 싶었다.

가난한 시절이 있었기에

아껴 쓰는 습관이 몸에 밴 게 아닐까.

그 시절로 돌아가고 싶지는 않지만

가끔 그립기는 하다. (2007년 11월 29일)

• 오늘 이 글을 듣고 학교 도시락이 없어 물 먹고 놀고 했다는 말이 너무 가슴이 아프다. 우리 어린 시절에는 다 너무나 가난했다. 시를 듣고 내 어린 시절도 생각이 났다. 너무 가난해서 하얀 쌀밥을 먹지 못했다. (최은숙)

• 나도 어릴 적 가난해서 힘들었다. 쑥밥이 먹기 싫어 울기까지도 했단다. 나는 바닷가 조그마한 동네에 살았기에 고기잡이도 했고 미역 양식업에다 그야말로 처녀뱃사공이었다. 노를 젓는 게 힘들었고, 새벽 바다에 고기 잡으러 가면 얼마나 추웠던지 어릴 때의 그 고난이 있었기에 오늘날의 행복이 있는 것이다. 이렇게 학교도 다니게 되고. (진복희)

• 우리 집은 길가에 있어서 아이들이 학교에 오가는 모습을 언제든지 볼 수 있었다. 저 멀리서 친구들이 교복 입고 재잘거리며 오는 모습을 보면 부엌문 뒤로 숨어 문 사이로 아이들이 지나가는 모습을 훔쳐보았다. (이선화)

• 결혼해서 이 년 뒤에 쌀밥을 해 먹을 수 있었다. 왜냐구? 돈이 없다. 혼합곡(보리쌀 눌린 것+정부미)을 사서 밥을 해야지 근근이 살아갈 수 있다. 겨우 말도 못하는 아이가 밥 끓는 냄새가 나기 시작하면 "엄마 빠빠 안무." 하면서 울기 시작한다. 한집에 세 가구가 살았는데, 그러면 옆방 아주머니가 "혜령아, 큰엄마가 밥 주께. 울지 마라. 으이." 거의 매일처럼 밥을 얻어먹었다. 지금 생각하니 우리 옆집은 중, 고등 학생이 있어 도시락을 싸야 하니 항상 쌀밥을 했다. 아마 그때 그 아주머니는 파출부를 나가시는 것 같고 아저씨는 노동 일을 하시는 분 같았다. 정말 그때는 너무 슬펐다. 너무 불쌍하게 살았는 것 같다. (곽순자)

• 시를 듣고 옛날 생각이 났다. 겨울철 점심때면 늘 김치 국밥이었다. 학교에 가는 대목에서는 코끝이 찡하다. 고등학교 가고 싶어 울기도 하고 친구들이 학교 갔다 오면 길모퉁이에 숨고 하였다. 그때를 생각하면 다시 한번 코끝이 찡하다. (박정숙)

• 먼 옛날이야기 같다. 내보다 한참 아래인 것 같은데 마음고생이 심했구나. 난 칠 남매에 막내로 태어나서 철없어 보리밥도 먹기 싫다고 아버지 밥을 기다려 남겨 주기를 기다리고 있다가 남기면 먹곤 했다. 가끔 생각해 보면 우리 아버지는 배가 고팠을 것 같다. 보고 싶다. 우리 아버지, 가끔 속주머니에서 과자를 내주시곤 하던 아버지. (이오심)

• 나 어릴 적 이야기를 하는 것 같다. 배고픔도 공납금 이야기도. 공납금 못 내어서 집으로 보내시던 선생님도 생각난다. 그땐 엄마도 선생님도 몹시 미웠는데. 지나간 이야기는 언제 들어도 재미있지만 그 당시엔 참 힘들었다. (김서영)

• 글을 듣고 생각나는 것이 있다. 쌀을 조금 넣고 수제비랑 김치를 넣고 끓인 김치 수제비 국밥이 생각난다. 산에서 나무를 해서 연료로 사용했던 시절이라 동료의 어린 시절 배고픔을 바로 느끼는 것 같다. 가마솥에 가득 끓여 놓았던 그 옛날의 어머니 손맛도 생각이 난다. (이춘옥)

• 선생님이 읽어 주신 시를 듣고 잠시 나 혼자만의 생각에 잠겼다. 나도 학교 다닐 때 공납금이 밀려서 조례 시간마다 선생님께 불려 일어서던 생각이 났다. 진학을 못 해 교복 입은 동창들이 지나갈 때 주눅 들었던 생각이 떠오른다. 잊어버리고 살았는데 불현듯 생각이 났다. (김현숙)

시를 쓴 이미숙 학우님은 나이가 서른아홉이다. 방송통신고에서는 젊은 축에 든다. 그런데도 이런 가난을 겪었구나 싶다. 시를 읽어 드리는데 어느새 눈에 눈물이 그렁그렁하다. 남의 이야기가 아니라 자신들이 몸소 겪은 바로 그 일이다. 시는 이런 것이고, 시를 쓸 때는 이렇게 써야 한다는 설명이 따로 필요 없다. 옆에 친구가 쓴 시 한 편이 시 쓰기를 하는 좋은 길잡이가 되어 주었다.

그렇지만 우리도 한번 시를 써 보자고 하면 영 자신 없다는 표정이다. 몇몇 분은 벌써 쓸 거리를 찾았다는 듯이 눈빛이 반짝하지만, 대부분은 '시는 시인이나 쓰는 거지 우리가 어떻게 쓰노?' 하는 표정이시다.

한 시간이 사십 분이라 금세 지나간다. 그래도 이것 한 가지는 꼭 말씀드려야 한다. 화려한 기교로 그럴듯하게 꾸며 쓰면 시가 되지 않는다는 것. 머리로 꾸며 쓴 시 한 편을 읽어 드렸다.

바람 부는 날이면
바람이 부는 방향대로
세상은 일제히 기울어진 채
깃발처럼 펄럭인다.
펄럭이며 펄럭이며
저마다 패인 상처로
길고 긴 휘파람을 불어 댄다.

"이 시는 들으니까 머릿속에 그림이 그려집니까?"
"아니예, 안 그려집니다."
"앞에 이미숙 학우가 쓴 시는 어떻습니까?"
"그림이 그려집니다."

"읽으면 머릿속에 그림이 떠오르면서 시 쓴 사람 마음이 고스란히 느껴지는 시가 좋은 시입니다. '그렇구나.' 하고 절로 고개가 끄덕여지는 시가 좋은 시지요. 꼭 그렇게 쓰셔야 합니다."

한 가지 더 말씀드렸다.

"어느 한순간 느낌을 붙잡아서 보여 주는 게 시입니다. 그런데 느낌이란 게 시간이 지날수록 식어 버리게 마련입니다. 그래서 오래전에 겪은 일보다는 바로 지금 겪은 일을 가지고 시를 쓰는 게 좋습니다. 설령 오래전에 겪은 일이라 하더라도, 그때로 다시 돌아가서 지금 막 그 일을 겪는 것같이 그 순간의 느낌을 살려서 써야 합니다."

이렇게 당부를 하고 다음 학교 오실 때 글쓰기 공책에 시 한 편씩 써 오시라 했다.

우리 언니

백순선 53세

언니가 떠났습니다.
다시는 올 수 없는 길을 떠났습니다.
열 살 차이로 언니라기보다는 엄마 같았던
언니가 떠났습니다.

사남 사녀의 시골집에서 장녀로 태어난

그 죄로 집안일하느라 동생들 돌보느라

초등학교도 이 년밖에 다니지 못했던

그래서 글도 제대로 깨우치지 못해서 부끄러워하던

언니가 떠났습니다.

한평생 고생만 하던

한 푼이라도 모으고 아끼느라

육십 평생 제주도 여행 한번 가 보지 못했던

언니가 떠났습니다.

언니는 다시 오지 못합니다.

저도 다시는 언니를 보지 못할 것입니다.

빛바랜 흑백 사진 속에

환하게 웃는 언니 모습을 보면서

저도 모르게 웃음 짓다가 웁니다. (2007년 6월 17일)

시를 읽어 내려가면 언니가 어떤 분이고, 어떻게 살다 가셨는지 차츰차츰 드러난다. 한꺼번에 말하지 않고 하나씩 보태 나간 점이 돋보이는 시다. 그러다 보니 시를 읽어 내려갈수록 그 슬픔은 더해 간다. 마지막 구절 "빛바랜 흑백 사진 속에 / 환하게 웃는 언니 모습을 보면서 / 저도 모르게 웃음 짓다가 웁니다." 하는 곳에 가서는 어느새 시 속에 깊이 빠져들어 시 읽는 사람도 그 슬픔을 같이 느끼게 된다.

시장에서

배영자 50세

빈 가방을 메고 버스를 탔다.

흔들거리는 버스 안에서 잠도 서서히 깬다.

얼마 가지 않아 내렸다.

새벽 시장이다.

입맛 없는 여름철 아이들이 생각나

열무 세 단 샀다.

그리고 뭘 살까?

뭘 살지 계획도 없지만

그냥 시장에 온다.

한 소쿠리 주이소.

막내딸이 좋아하는 참외다.

"곱고 점잖하이 참 예쁘지만

아지매도 많이 늙었네요."

이십 년도 넘게 다닌 시장이다.

과일 장수 아저씨도 나물 파는 할머니도 나도

그 세월을 함께 보아 가며 늙었다.

인사도 안부도 묻진 않지만
시장에서 볼 수 있으면 다 무사한 거다.

세월 따라 늙어야지요, 많이 파이소. (2007년 6월 14일)

자세하게 새벽 시장 모습을 그려 놓지는 않았어도 읽으면 새벽 시장 풍경이 그려지고, 이십 년도 넘게 같은 세월을 지나온 시장 사람들도 보인다. 군더더기 없이 깨끗하게 참 잘 그렸다. 그림에서 사람 사는 냄새가 묻어난다. 이런 사람 냄새 나는 시장은 이제 하나둘 사라지고 백화점이나 대형 마트가 생겨났다.

"인사도 안부도 묻진 않지만 / 시장에서 볼 수 있으면 다 무사한 거다." 하는 곳에 마음이 오래 머문다. 오랜 경험에서 나온 진실한 말에 '그렇구나.' 하고 고개가 끄덕여진다.

이사 가던 날

구필순 57세

오늘이 이사하는 날
이십사 년 만에 이사를 간다.
자그마한 아파트로 이사를 간다.
묵은 짐은 절반을 버리고 간다.
사랑하는 사람도 하늘나라에 보내고

이사를 간다.

아름답던 추억도 몽땅 버리고

이사를 간다. (2008년 6월 20일)

아픈 마음을 드러내 놓고 말하지 않았어도 이십사 년 정 붙이고 살던 집을 떠나는 그 마음이 헤아려진다. 한평생 같이한 남편 먼저 보내고, 집 안 구석구석, 마당에 돌멩이 하나 꽃나무 하나까지 함께했던 추억이 묻었을 텐데, 두고 떠나는 마음이 어떨까.

첫 줄을 가지고 오래 생각해 봤다. 제목을 보면 이 시는 이사하고 얼마 있다가 쓴 것 같은데, 첫 줄을 보면 시를 쓰는 오늘이 바로 이사하는 날이다. 이분은 아마 내가 한 말을 마음에 두었던 것 같다. 시를 쓸 때는 조금 지난 일이라도 그 당시로 되돌아가서 마치 지금 그 일을 겪는 듯이 쓰라고 한 말을 마음에 두고 쓰신 것 같다. 첫 줄은 있어도 괜찮지만 없어도 좋을 듯하다.

학교 가는 날

황의숙　58세

아침 일찍 서둘러 일어나

준비물 챙겨 가방에 담는다.

행여 빠진 것 없는지 점심도 잊지 않는다.

정을 나눌 따뜻한 점심도

196

흐트러질세라 정성을 들인다.

교실 문을 빼꼼히 들여다본다.

눈에 익은 환한 얼굴들이 반긴다.

두 주일 만에 만나는 아쉬움이

그리움 되어 교실은 들썩거린다.

이윽고 수업을 알리는 멜로디가 울리고

눈에 익은 또 한 사람

웃음 지으며 들어서는 선생님과 눈 맞춤이다.

그제서야 교실은 조용해진다.

아! 내가 지금은 여고생이지. (2007년 6월 12일)

이분들은 학교 오는 것이 소풍 같다. 멀리 울산에서도 오고 양산에
서도 온다. 손수 운전해 오는 사람도 있고 남편이 태워다 주고 태워
가는 사람도 있다. 멀리서 오고, 또 아침에 식구들 아침밥 차려 주고
나서자니 정작 본인은 아침밥을 제대로 못 챙겨 먹는다. 반마다 떡을
해 와서 아침에 나눠 먹는다. 점심시간 풍경은 잔치 같다. 책상을 붙
여서 모두 한자리에 앉아 점심을 먹는데 제각기 싸 온 소박한 반찬들
을 책상 위에 올려놓으면 그야말로 잔칫상 같다. 공부 시간도 즐거워
서 언제 한 시간 지나가는지 모른다. 교실에 들어설 때는 나를 이렇
게 반갑게 맞아 주는 학생들이 있었던가 싶다.

"아! 내가 지금은 여고생이지." 이 말이 이 시의 눈이다. 일반 여고

생들이야 졸업하기 전까지는 집에서나 밖에서나 언제나 여고생이다. 그런데 이분들은 집에서나 밖에서는 여고생이 아니었다가 교실 문을 들어서는 그 순간 여고생으로 바뀐다. 세월을 거슬러 한 달에 두 번 여고생으로 변신하는 기쁨을 누가 알까.

학교 가는 날 아침

조신향 50세

이른 새벽
소리 죽여
식구들 아침상을 차린다.
학교 갈 준비를 서두른다.
오늘도 들려오는 한마디
오늘은 어느 산에 가노?
뭔 산이라 카더라. 갔다 와서 얘기해 줄게예.
남편 몰래 등록한 지가 벌써 몇 주쨌가.
농협산악회에 가입했다고 뻥깠는데
날 잡아서 얘기해야지.
하지만 진짜 자존심 상하기도 하고
괴롭기도 하다.
졸업했다고 딱 속여 왔는데
어떤 반응이 나올까.

그래도 이젠 어쩔 수가 없다.

왜?

오늘이 너무나 기다려지기 때문에

그립고 반갑고 정겨운 얼굴들

고마운 선생님들

너무나 소중한 시간이다.

절대로 포기하지 않겠다.

설마 이혼하자고 안 하겠지

삼십 년 가까이 충성한 동지인데.

이젠 어쩔 수가 없다.

여지껏 살면서 이 시간만큼 소중한 시간이 있었나. (2008년 6월 1일)

방송통신고에는 이런 분들이 더러 있다. 남편이나 식구들 몰래 오시는 분도 있고, 시댁 식구들 몰래 다닌다는 분도 있다. 이분도 남편한테는 산악회 들어서 산에 간다고 거짓말하고 일요일 아침 집에서 나온다. "농협산악회에 가입했다고 뻥깠는데" 하는 곳에서는 웃음이 터져 나오다가도 "이젠 어쩔 수가 없다."는 말에 가서는 가슴 저리는 절실함이 느껴진다. 늦게 하는 공부, 뒤늦은 여고 시절이 그 무엇하고도 바꿀 수 없는 소중한 시간이다.

남편

최영숙 59세

올해 육십인 남편은 트레일러 기사다.

차 한 대를 회사에 넣어 지입료를 받고 일을 한다.

그런데 어느 날 차를 팔아 버렸다.

겁이 덜컥 났다.

아직 출가하지 않은 딸이 셋이나 있는데

계획도 없이

그렇게 두 달을 놀던 어느 날

시골 어머님이 계신 곳으로 가자 했다.

나는 다니려 가는 줄 알고 따라나섰다.

그러나 그게 아니다.

읍에 장날에 내려가 단감나무를 사 와서 밭에 심었다.

귀농 준비를 하고 있는 깃 같다.

큰일이다.

나는 못다 한 공부를 꼭 해야만 되는데

시골집이 너무 멀어서 학교에는 갈 수가 없는데

이놈의 영감 우짜면 좋노. (2007년 8월 26일)

옆에 사람에게 이야기하듯이 가슴에 맺힌 사연을 풀어 놓았다. 마
치 물 흐르듯이 술술 풀었다. 막힘이 없이 단번에 쓴 듯한 느낌이다.

꾸밈없이 솔직하게 쓴 글일수록 말이 자연스럽게 흘러간다.

　육십이나 된 남편 분이 참 철이 없다. 귀농하고 싶은 마음이야 충분히 이해가 간다. 시골이 고향인 것으로 보아 옛날에 농사일을 해 본 사람이다. 도시에서 트레일러 몰고 다니는 일을 하다가, 아무래도 이게 아니라고 불현듯 성찰이 인 듯싶다. 그렇다고 아직 결혼 안 한 딸이 셋이나 있고, 아내는 뒤늦게 방송통신고등학교에 들어가서 못다 한 공부를 꼭 하고 싶은데, 아내와 한마디 의논도 없이 불쑥 차를 팔아 버리다니. "이놈의 영감 우짜면 좋노." 이 말이 절로 튀어나올 법하다.

감자

최윤선 40세

시골에서 돌아온 남편 손에
박스 하나가 들려 있다.
알알이 여물은 감자가 가득 담겼다.

고맙습니다 어머니
저랑 동우랑 감자 억수로 좋아하는데예.
그래 올해는 씨알이 잘다.
아닙니다 삶아 먹기 딱 좋아예. 잘 먹겠습니다.
고생은 어머니 아버님이 하시고

저희는 먹는 거만 잘하네예. 죄송합니다.

아이다 비가 와서 다 못 캤다.

나중에 캐면 또 부치 주께. 작으나따나 무라.

예 어머니 때 잘 챙겨 드세요.

그러고 전화를 끊었다.

뼈마디 굵어 계신 시어머니 생각에 죄스러웠다.

문안 인사도 자주 못 하는 내가 뭐 이쁘다고

어머님 아버님 사랑합니다.

알콩달콩 잘 살게요.

어머니 감자가 참 맛있어요. (2007년 6월 28일)

며느리와 시어머니가 주고받는 말이 따뜻하고 그 말맛이 참 좋다. 시어머니가 올해는 감자 씨알이 잘다고 하니, 며느리는 삶아 먹기 딱 좋다고 받아 주고. 며느리가 농사일도 거들어 드리지 못하고 받아먹기만 해서 죄송하다고 하니, 시어머니는 그 말을 받아서 비가 와서 다 못 캤다고 하고. 나중에 또 부쳐 줄 터이니 작으나따나 먹으라고 하니, 며느리는 때 잘 챙겨 드시라고 받아 주고. 아름다운 그림이다. 또 읽어도 흐뭇하다.

평생 시 근처도 안 가 보신 분들이 이렇게 아름다운 시를 쓰셨을까. 생각해 보면 놀랄 일도 아니다. 삶에서 글이 나오고 시가 나오는 법이니까. 시는 시인들만 쓰는 게 아니라는 사실이 또 한번 증명된 셈이다. '지도'란 말은 부끄럽다. 나는 별로 한 게 없다. 지난밤 내린 봄비에 꽃이 활짝 피듯이 그렇게 시가 피어났다. 공부 시간에 시를 들고 가서 읽어 주면 모두 자기가 쓴 것처럼 기뻐한다. 내가 시평을 무어라 달았는지 눈을 동그랗게 하고 기다리신다. 그래, 시가 선생이지!

가난한 삶에서 피어난 어머니들의 노래

찔레꽃

2012년 5월 1일 1판 1쇄 펴냄

글쓴이 | 경남여고 부설 방송통신고등학교 94명
엮은이 | 구자행

편집 | 김로미, 김소영, 양선화, 유문숙, 이경희, 이지나, 조성우
디자인 | 샘솟다
제작 | 심준엽
영업 | 김가연, 박꽃님, 백봉현, 윤정하, 이옥한, 조병범, 최민용
홍보 | 김누리
콘텐츠 사업 | 위희진
경영 지원 | 안명선, 유이분, 한선희
총무 | 전범준
제판 | (주)한국커뮤니케이션
인쇄와 제본 | (주)영신사

펴낸이 | 윤구병
펴낸 곳 | (주)도서출판 보리
출판 등록 | 1991년 8월 6일 제 9-279호
주소 | (413-756) 경기도 파주시 직지길 492
전화 | 031-955-3535
전송 | 031-950-9501
누리집 | www.boribook.com
전자우편 | bori@boribook.com

ⓒ 구자행, 2012

보리는 나무 한 그루를 베어 낼 가치가 있는지 생각하며 책을 만듭니다.

값 10,000원

ISBN 978-89-8428-752-5 03810

이 책의 국립중앙도서관 출판시 도서목록(CIP)은 e-CIP 홈페이지
(http://www.nl.go.kr/ecip)에서 볼 수 있습니다.
(CIP 제어번호: CIP 2012001856)